KB262059

다름의 아름다움

나와 다른 당신이 왜 소중한가

고즈윈은 좋은책을 읽는 독자를 섬깁니다.
당신을 닮은 좋은책—고즈윈

다름의 아름다움
나와 다른 당신이 왜 소중한가

구본형 · 김나미 · 이우일 · 전봉관 · 정승아 · 조홍섭 · 주경철 · 황상민 지음(가나다 순)

1판 1쇄 발행 | 2008. 4. 20.
1판 3쇄 발행 | 2012. 7. 15.

발행처 | 고즈윈
발행인 | 고세규
신고번호 | 제313-2004-00095호
신고일자 | 2004. 4. 21.
(121-819) 서울특별시 마포구 동교동13길 34(서교동 474-13)
전화 02)325-5676 팩시밀리 02)333-5980
홈페이지 www.godswin.com

값은 표지에 있습니다.
ISBN 978-89-92975-09-4

고즈윈은 항상 책을 읽는 독자의 기쁨을 생각합니다.
고즈윈은 좋은책이 독자에게 행복을 전한다고 믿습니다.

다름의 아름다움

나와 다른 당신이 왜 소중한가

주경철 · 조홍섭 · 구본형 · 전봉관

정승아 · 이우일 · 황상민 · 김나미

고즈윈
God's Win

누군가가 동료들과 보조를 맞추고 있지 않다면,
그는 아마 다른 이가 치고 있는 북소리를 듣고 있기 때문이리라.
그가 자신이 듣고 있는 음악에 맞춰 걷도록 내버려 두라.
그 북소리의 박자가 어떻든, 또 얼마나 멀리서 들려오든.

헨리 데이비드 소로

● 차 례

여는 시 | 반대의 의미 · 잘랄 앗 딘 알 루미   9

첫 번째 이야기   주경철

사라진 문명의 그림자
각각의 문명은 그들만의 셰익스피어를 가지고 있다   10

두 번째 이야기   조홍섭

왜 다윈핀치는 서로 비슷해지고 있나
진화의 방향을 거꾸로 돌리는 사람들   30

세 번째 이야기   구본형

자신의 꽃을 피워라,
그리고 다른 꽃들과 함께 그 아름다움을 자랑하라
다름, 그 위대한 위안에 대하여   52

네 번째 이야기   전봉관

완바오산 사건 직후 조선에선
조선 · 중국 · 일본이 얽힌 중국인 배척 폭동의 교훈   70

다섯 번째 이야기　정승아

다름과의 화해
태초에 행위가 있었다.
그리고 지금도 그 행위들만이 있다　94

여섯 번째 이야기　이우일

친구
나와 닮은, 나와 다른　114

일곱 번째 이야기　황상민

한국인 마음속의 다름과 차이의 심리
'행복한 성공'을 위한 '차이'의 인정　126

여덟 번째 이야기　김나미

'한 지붕 세 종교'가 있는 풍경
다른 이름으로 부르는 한 분이신 그분　156

맺는 글 ｜ 자립·랄프 왈도 에머슨　170

반대의 의미

신은 당신을 바꾼다

하나의 느낌에서

다른 느낌으로

그리고 반대의 의미를 가르친다

그래서 당신은

하나가 아니라

날 수 있는 두 개의 날개를 가질 것이다

-잘랄 앗 딘 알 루미, 《천국으로 가는 시》에서

주경철

근대 세계의 형성 과정에 관심을 두고 활발한 저술 활동을 펼치고 있으며, 현재 서울대학교 서양사학과 교수로 재직 중이다. 《역사의 기억, 역사의 상상》, 《테이레시아스의 역사》, 《문화로 읽는 세계사》, 《신데렐라 천년의 여행》 등의 책을 썼고, 페르낭 브로델의 《물질문명과 자본주의》, 찰스 P. 킨들버거의 《경제 강대국 흥망사 1500–1990》 등을 번역했다.

사라진 문명의 그림자

각각의 문명은 그들만의 셰익스피어를 가지고 있다

유럽인들은 인디언들의 말을 알아듣지 못했을 때 그들을 아예 언어를 가지지 못한 존재라고 생각했고, 인디언들의 종교가 기독교와 다르다는 이유로 아예 종교를 가지고 있지 않다고 단정했으며, 인디언들이 대지를 매우 특이한 방식으로 이용한다는 사실을 알지 못하고는 하느님의 선물인 자연을 방치하고 있으므로 그 땅을 식민화해도 괜찮다고 우겼다.

지구상에는 얼마나 많은 사람들이 자기들만의 특별한 삶의 방식을 가꾸며 살아왔던가. 우리는 오늘날 우리 문명이 지금껏 지구상에 존재했던 문명 가운데 가장 발달한 것이라고 생각하는 경향이 있다. 과연 그럴까? 어쩌면 가장 힘이 강한 문명일 수는 있겠지만 가장 우수한 문명인지, 혹은 가장 행복한 문명인지 확신할 수는 없다. 우리는 우선 현재의 우리 문명이 인간 사회가 발전할 수 있는 여러 다양한 가능성 중의 하나에 불과하다는 점을 인식할 필요가 있다. 그리고 먼 옛날부터 지금까지 지구상에 꽃피어났던 다른 문명·문화를 유심히 살펴보면 좋을 것 같다. 그러면 인간 사회가 어떻게 발전할 수 있는지, 인간이 행복하게 살아가는 길로는 어떤 것들이 있는지 생각하는 데에 도움이 될 것이다.

아메리카의 이상한 사람들

오랫동안 고립된 채 다른 방식으로 살아가던 사람들이 어느 날 뜻하지 않게 서로 만나는 경우가 있다. 아마도 가장 극적인 사례는 콜럼버스의 항해 이후 유럽인들과 아메리카 인디언이 만난 일일 것이다. 만 년도 더 전에 시베리아에서 출발하여 아메리카 대륙으로 들어온 사람들은 이후 다른 대륙과는 거의 접촉하지 않고 독자적으로 살아왔다. 한때 바이킹들이 오늘날 캐나다 동해안 지역까지 찾아온 적이 있으나 그것은 일시적인 에피소드에 불과했고 항구적인 영향은 미치지 못했다. 하여튼 이곳 사람들은 외부 세계에 대해 무관심한 채로 잘 살아왔지만, 유럽인들은 자신들이 '신대륙을 발견'했다고 생각했고, 이 땅에 아메리고 베스푸치Amerigo Vespucci라는 탐험가의 이름을 따서 아메리카라는 이름을 붙여 주는가 하면 인도와는 아무런 관련이 없는 이곳 사람들을 '인도 사람(인디언)'이라고 불렀다.

유럽인들이 볼 때 인디언들은 정말로 이상한 사람들이었던지라 에스파냐의 궁정에서는 신학자들과 정치가들 사이에 과연 인디언이 정말로 영혼을 가진 진짜 인간인지에 대한 논쟁이 벌어지곤 했다. 물론 이것은 유럽인들의 오만에서 비롯된 코미디 같은 일이지만, 하여튼 인디언 문화가 얼마나 이질적이었는지를 말해 주는 한 에피소드라 하겠다.

사실 우리는 한마디로 인디언이라고 부르지만, 그들 안에는 아메리카 대륙 전체에 걸쳐 떠돌이 사냥꾼 생활을 하는 집단으로부터 웅대한 제국에 이르기까지 다양한 단계의 사회가 형성되어 있었다. 그 가운데 우리는 북아메리카 북쪽 끝단에 살았던 인디언들의 세계를 살펴보도록 하자. 그들은 지금은 쓸쓸하게도 역사의 뒤편으로 사라진 슬픈 운명의 주인공들이지만, 한때 자기들만의 세계를 오롯이 형성한 채 행복한 삶을 살았었다.

'피마다지원' – 조화로운 삶

유럽인들이 아메리카 대륙에 발을 들여놓기 전, 현재의 캐나다와 미국 북동부 지역에는 믹맥, 몽타녜, 이로쿼이, 휴런, 오지브와 같은 부족들이 살고 있었다. 그들은 농사를 짓지 않는 대신 숲속에서 열매나 버섯을 채취하고, 비버, 곰, 사슴 같은 짐승들을 사냥하거나 강과 호수의 물고기들을 잡아먹었다.

우선 첫 번째 드는 의문은 이런 것이다. 열매 따기나 사냥 같은 불안정한 기반 위에서 살다보면 늘 굶주림에 시달리지 않았을까?

그렇지는 않다. 역사학자들과 인류학자들이 흔히 지적하는 바이지만, 농사를 짓는 사람보다 수렵·채집을 하는 사람들이 오히려 더 풍족하게 잘 먹고 산다. 농사를 짓는 경우 사회 전체적으로는 안정적인 식량 공급이 가능하고 따라서 많은 사람들이 모여 살 수 있지만, 개인적으로 보면 매일 똑같은 종류의 곡물을 먹는데다가 그나마 음식량이 충분치 않아서 영양이 불충분하고 따라서 건강도 좋지 않고 평균 수명도 짧다. 반대로 수렵과 채집을 하는 경우에는 부족 전체의 인구수는 훨씬 적지만 그 대신 개인적으로는 질 좋은 음식을 다양하게 잘 먹기 때문에 튼튼하고 오래 산다.

북아메리카의 인디언들 역시 그들 나름대로 풍요로운 삶을 살았다. 이들은 철 따라 잡히는 빙어, 청어, 철갑상어, 연어 같은 물고기들을 풍부하게 먹었고, 사냥감도 아주 다양해서 한 종류의 고기에 물리면 다른 동물을 잡아서 먹을 수 있었다. 간혹 겨울철에 식량이 부족해서 어려움에 빠질 때도 있었으나, 전반적으로는 윤택한 생활이 가능했다. 무엇보다도 노동 시간이 그리 길지 않아서 여유 있는 삶을 구가했다. 그렇게 본다면 이들의 사는 방식은 일에 치여 사는 현대 사회의 많은 사람들이 갈구하는 이상적인 삶에 가깝다고 할 수도 있다.

그러나 이들의 삶에서 정말로 눈여겨볼 만한 요소는 이들이 자연과 맺는 물질적이고도 정신적인 관계이다.

이들에게 사냥은 단순히 식량을 얻는 행위가 아니었다. 그것은 다른 농경사회나 산업사회 사람들이 이해하기 힘든 아주 다른 차원의 일이었다. 몽타녜 부족에 대해 잘 알던 한 백인의 말에 따르면 "그들에게 사냥은 성스러운 행위였다." 그들이 사냥을 하러 숲으로 가는 것은 일상의 생활이 전개되는 이 세계를 넘어 순수하게 정화된 영적인 세계로 들어가는 일이다. 그곳의 동물들은 사람들과 영적인 관계를 맺고 있는 친척 혹은 친구이므로, 사냥꾼들은 동물들을 존중하면서 아주 조심스럽게 사냥을 한다. 그들은 동물들을 마구 죽이는 것이 아니라, 영적인 준비를 통해 동물들이 그들의 무기 앞에 복종하도록 만들어야 하고, 그러기 위해서는 그 동물들의 '왕'으로부터 허락을 받아야 한다.

도대체 이 말은 무슨 의미일까? 이것을 이해하기 위해서는 인디언들이 자연과 우주에 대해 어떻게 생각하는지에 대해 어느 정도 알고 있어야 한다.

이들이 볼 때 자연 세계에 있는 만물은 모두 대상object이 아니라 살아있는 존재being들이며, 자연은 '메커니즘'이 아니라 '사회'이다. 이 안의 모든 존재들은 마치 사람들 사이가 그런 것처럼 친척 관계, 감정이입, 동정, 상호의존, 성관계 등의 방식으로 서로 연결되어 있는 '친구들'이다.

인디언들의 창세신화와 민담은 이런 사실을 잘 설명해 준다. 인디언들의 이야기 속에 등장하는 동물들은 사람처럼 오두막에서 살고 회의를 열고 친척 관계에 걸맞는 행동을 한다. 사람과 동물은 서로 방문하고 함께 담배 피우고 노름을 하고 춤도 춘다. 심지어 서로 결혼해서 그 사이에 아이도 낳는다. 인디언들의 여러 창세신화에 의하면 비버, 곰, 스라소니, 여우 같은 모든 동물은 원래 다 "사람이었다." 동물들은 사람과 섞여 살며 서로 말을 주고받았다. 그 후 사람과 동물들의 세계는 나뉘었으나, 지금도 동물들은 사람과 마찬가지로 그들 각각의 사회를 구성하며 살아가고 있다. 그리고 각각의 동물들 사회에는 그들의 왕이 있다. 이 왕은 일반 동물들에 비해 엄청나게 덩치가 크고 하얀색을 띤다고 한다. 이 왕들은 사람들 눈에 거의 띄지 않지만, 아주 운이 좋은 사람은 대왕 비버, 대왕 곰, 대왕 사슴을 보기도 하는데 그러면 평생에 한 번 하기 힘든 아주 귀한 경험을 한 것으로 친다.

그러므로 사람 사회는 이 자연계 안에서 결코 우월한 지위를 차지하는 것이 아니라 단지 여러 사회 중의 하나에 불과하다. 어쩌면 인간이 다른 동물에 비해 우월하기는커녕 더 열등한 존재일 수도 있다. 사람은 다른 동물들이 가지고 있는 놀라운 장점들을 가지고 있지 못한 부족한 존재이기 때문이다. 예컨대 비버는 나무를 쓰러뜨리고 자기 집을 짓고 굴을 파고 댐을 만드는 놀라운 재주가 있지 않은가. 다만 인간은 만물을 주재하는 위대한 영혼The Great Spirit에 의해 다른 동식물들의 생명을 취해서 그것으로 살아가는 존재가 되었다. 그렇다고 인간이 자연의 지배자라는 이야기는 아니다. 어쩌면 정반대로 해석할 수도 있다. 사람은 동물처럼 자신의 재주를 통해 살아가는 것이 아니라 다른 동식물들이 생명을 선물로 주어야 살 수 있으니 말이다.

이런 관점에서 볼 때 사냥은 우리가 다른 짐승을 마음대로 죽이는 행위가 아니라 동물 친구들이 우리에게 음식과 옷을 주기 위해 자발적으로 자기 생명을 바치는 행위이다. 사실 동물들은 맘만 먹으면 얼마든지 사람을 피할 수 있다. 예를 들면 비버는 영물인지라 기러기 같은 다른 동물로 변신할 수도 있고, 갑자기 땅속으로 뚫고 들어가서 숨거나 하늘로 날아갈 수도 있고, 호수나 강물 속 깊숙이 들어가서 맘먹은 시간 내내 안 나올 수도 있다. 그러니까 비버가 사람에게 잡히는 것은 그 자신이 일부러 잡혀 주는 것인데, 이는 대왕 비버가 결단을 내려서 그렇게 하도록 만든 것이다. 대왕 비버는 먹을 것이 없어서 딱한 처지에 있는 사람들을 돕기 위해 자기 사회의 몇몇 비버들에게 명령을 내려서 사람들에게 가서 잡히도록 한 것이다. 이런 식인지라 사냥을 많이 한 사람은 역설적으로 동물들과 가장 친한 친구가 된다. 그래서 그 사냥꾼이 죽었을 때에는 많은 동물들이 조문을 온다고 인디언들은 믿었다.

캐나다의 인디언들을 접한 프랑스인들이 남긴 기록을 보면 인디언들은 사냥에 관한 수많은 금기taboo를 지키고 있었다. 이 금기는 자기 목숨을 기꺼이 바치는 친구들에 대한 존중에서 나온 것이다. 사람은 동물 친구들의 선물을 남용해서는 안 된다. 그래서 정말로 필요한 정도로만 동물을 잡고 또 잡은 동물의 고기는 하나도 남김없이 다 먹어야 한다. 동물들을 놀리거나 모욕하거나 고문해서도 안 된다. 잡은 동물로 음식을 만들어 먹을 때에도 지켜야 할 사항들이 많이 있다. 덫에 걸린 비버는 모든 사람이 보는 곳으로 데리고 와서 그곳에서 조리하는데, 이때 국물이 불에 한 방울도 떨어지지 않도록 각별히 조심한다. 특히 뼈는 조심스럽게 보관해야 한다. 만일 이 뼈를 개에게 던져 주면 개는 후각을 잃게 되고, 불에 던지면 이 마을에 큰 재앙이 떨어지며, 강물에 던지면 뼈의 영혼이 자기의 불행한 소식을 다른 비버들에게 알려서 모두 그 지역을 떠나도록 만든다. 동물의 태아는 노인들만 먹을 수 있으며, 만일 젊은이들이 잘못 먹었다가는 사냥할 때 발병이 난다.

사냥을 할 때 특히 조심해야 하는 까닭은 사람과 동물이 서로 영적으로 통하는 존재이기 때문이다. 인간과 동물은 먼 옛날처럼 직

접 말로 소통할 수는 없지만 지금도 특별한 방식으로 소통할 수 있다. 이것을 이해하려면 존재의 구성 방식을 알아야 한다. 세상의 모든 존재는 3가지 요소로 되어 있으니, 몸, 영혼, 그림자가 그것이다. '그림자'는 말하자면 영혼의 눈과 같은 요소이다. 그림자는 자기 몸에서 떠나서 다른 존재의 그림자와 서로 교감한다. 따라서 사냥꾼들은 동물의 그림자를 조심해야 한다. 동물들의 그림자는 늘 사냥꾼들의 그림자를 지켜보며 감시한다. 그래서 지나치게 사냥의 의도를 드러내면 동물들은 금세 눈치 챈다. 그래서 사냥에 나선 사람들은 너무 사냥에 마음을 써서는 안 되며, 오히려 다른 것들에 마음을 돌려야 한다. 그들은 길가에 있는 나뭇가지를 만지작거리기도 하고 길가의 풀을 들여다보면서 이것을 어디에 쓰면 좋을지 생각해 보기도 한다. 이렇게 하노라면 동물의 그림자들이 깜빡 속아서 경계를 푼다(이것 역시 사실은 알면서도 속아 주는 것이라 할 수 있다). 특히 굶주림이 심한 시기일수록 조심해야 한다. 만일 마을 사람들이 굶는 내색을 하면 동물들은 곧 인간들이 사냥에 나서리라는 것을 알게 되기 때문이다. 그래서 식량이 부족한 때일수록 오히려 인디언 마을에서는 먹을 게 넘쳐나는 척하며 들뜨고 기쁜 분위기를 자아낸다.

실제 사냥에 따라나섰던 사람이 남긴 기록을 보면 인디언들의 태도가 어떤지 잘 알 수 있다. 알렉산더 헨리라는 한 영국인이 오지브와 부족과 함께 곰 사냥을 나간 적이 있다. 이들은 곰이 아직 겨울잠에서 깨어나지 않았을 때 동굴 속에 들어가서 암곰 한 마리를 잡았다. 오지브와의 한 여인은 죽은 암곰을 친척 할머니라고 부르면서 곰의 머리를 가슴에 안고 수백 번 쓰다듬고 키스를 하며 목숨을 앗아간 데 대해 수도 없이 사과를 했다. 급기야는 곰에게 이렇게 변명하는 것이었다. "할머니, 할머니를 죽인 것은 우리 잘못이 아니에요. 저 영국놈이 한 짓이에요!"

마을로 끌고 온 곰을 잡는 것도 서둘러서 하지 않고 격식을 갖춰서 했다. 우선 머리는 잘라서 오두막 안의 단에 올려놓았다. 여기에 장식을 두르고 곰 주둥이에는 담배도 물려주었다(인디언에게 담배는 종교적인 의미를 띠는 물건이었다). 다음날 곰 고기로 요리를 할 때에도 먼저 죽은 곰에게 사과하는 의식을 정식으로 치르는데 이때에도 특히 중요한 것은 곰의 코에 담배 연기를 불어넣어 주는 일이었다. 그런 후에 곰 고기로 음식을 만들어서 먹는데, 이것은 단순히 요리와 식사라기보다는 죽은 동물과 영적 교감communion을 하는 의식에 가깝다. 각 부위를 격식에 맞춰서 먹어야 하고 무엇보다도 남김없이 모든 고기를 한번에 다 먹어야 한다. 이런 광경을 본 유럽인들은 흔히 인디언들이 '폭식의 죄'를 짓는다고 이야기하곤 했다.

인디언들은 죽은 동물의 그림자가 현장에 와서 사람들이 자기 몸을 어떻게 다루는지 지켜보고 있다고 믿는다. 이때 만일 지켜야 할 의식을 제대로 지키지 않는다면 그림자가 자기 세계에 가서 이 사실을 보고하고, 그러면 이 동물 사회는 더 이상 사람들에게 자신들의 생명을 허락해 주지 않기로 결정하며, 심지어는 사람들에게 병을 일으킬 수도 있다. 특히 중요한 일은 남은 뼈를 잘 처리해 주는 것이다. 인디언들이 사냥해서 먹은 동물은 영원히 죽은 것이 아니며, 나중에 영혼이 이 세상에 돌아왔을 때 이 뼈에 다시 살을 붙여서 살아가기 때문이다. 따라서 죽은 동물의 뼈를 잘 맞춰 주어야만 다음에도 계속해서 많은 동물들을 사냥할 수 있는 것이다.

이런 방식으로 인간은 주변 세계에 대해 지켜야 할 룰을 잘 따르면서 자연계의 다른 존재들과 조화를 이루어야 행복하게 잘살 수 있다. 그것을 인디언들은 '피마다지윈pimadaziwin'하게 산다고 말한다. 그것은 이 세상에서 건강하게 오래 살면서, 불행에 빠지지 않는 삶을 말한다. 그것은 다른 존재들을 존중하며 그들을 너무 괴롭히지 않아야 가능하다. 사람과 자연 사이에는 서로 지켜야 할 의무가 있으며, 만일 어느 편이든 이것을 깨면 재앙이 닥쳐온다.

무너진 균형, 파괴된 문명

이런 독특한 심성을 가진 북아메리카의 인디언 세계는 16세기 이후 유럽인들과 만나면서 큰 충격을 받았고 급기야 그들의 '피마다지윈'하던 세계는 붕괴되고 말았다. 사람과 사람 사이, 또 사람과 자연 사이에 균형이 깨지면서 재앙이 닥쳐온 것이다. 도대체 어떤 일이 벌어진 것일까?

유럽인들이 볼 때 인디언들이 이상한 사람들인 것과 마찬가지로 인디언들이 볼 때에 유럽인들은 별난 사람들이었다. 북아메리카에 찾아온 유럽인들은 황금과 향신료를 애타게 찾았다. 그러나 반짝거리는 노란 돌을 주워서 프랑스에 가지고 가서 조사해 본 결과 값이 안 나가는 황동으로 판명 났고, 그 추운 지역에서 후추 같은 열대 작물이 자랄 수 없다는 것은 자명했다. 볼테르 같은 이가 캐나다를 "몇 평의 눈 덮인 땅"이라고 표현했듯이 북아메리카는 아주 쓸모없는 지역으로 보였다. 그러나 이들은 곧 엄청난 상품가치를 가진 자원을 발견했으니, 비버, 여우, 수달, 곰 같은 동물의 모피가 그것이었다.

근대 초에 유럽의 모피 수요— 수요라기보다는 '광기'라고 해야 맞을 것이다 —가 어느 정도 컸으며, 또 그것이 인디언들에게 얼마나 막대한 영항을 미쳤는지는 지금은 이해하기 어려울 정도이다. 유럽인들은 인디언들에게 유럽 상품을 주고 그 대가로 모피를 받아 갔다. 유럽인들이 전해 준 물건들은 위스키 같은 술, 도끼 같은 철제품, 무기류, 직물 등이었다. 이런 물품들은 긍정적으로나 부정적으로나 인디언들에게 큰 충격을 주었다. 예컨대 철제도끼와 돌도끼의 차이를 보자. 오늘날 실제 실험을 해 본 결과, 돌도끼로 직경 1.2미터의 나무를 넘어뜨리는 데에는 115시간이 걸렸는데 이는 매일 8시간씩 3주 동안 노동하는 작업량이다. 반면 쇠도끼로는 같은 크기의 나무 하나를 넘어뜨리는 데 3시간이면 충분했다. 철제도끼는 돌도끼에 비해 무려 38배나 효율성이 높았던 것이다. 인디언들이 그토록 철제품을 탐냈던 이유를 이해할 만하지 않은가.

오래지 않아 인디언들이 유럽인들에게 넘겨주는 모피의 수는 엄청나게 늘어났다. 최근의 연구에 따르면 18세기 중엽까지 한 해 평균 40만 마리 이상의 동물들을 잡았고, 18세기 말엽에 가면 그 수가 한 해 평균 90만 마리, 그 다음 세기에 이르면 무려 매년 170만 마리에 달했다. 모피동물 가운데 가장 큰 비중을 차지한 비버의 경우를 보면 18세기 전반에는 연평균 18만 마리 정도가 잡혔다가, 18세기 말이 되면 연평균 26만 마리나 잡혔다. 이때쯤에는 과도한 남획으로 비버가 거의 멸종 위기에 몰렸다.

그렇다면 유럽의 상품에 눈이 어두워진 인디언들이 동물들을 엄청나게 죽여서 모피를 백인들에게 넘겨준 것일까? 이렇게 말하면 전적으로 틀린 것은 아니지만 실상은 이보다 훨씬 복잡하다. 앞에서 설명했듯이 인디언들에게 사냥이란 성스러운 일이고, 동물들은 친척이나 친구들이었다. 그럴진대 아무리 물건에 탐이 난다고 해도 친구들을 마구 잡아서 외지인들에게 가죽을 넘길 수는 없는 일이다. 그렇다면 도대체 어떤 일이 일어난 것일까?

여기에는 가공할 전염병의 발발과 그로 인한 인구 감소라는 요소가 숨어 있다. 전혀 접촉이 없던 두 지역 사람들이 갑자기 만날 때 일어나는 가장 위험한 일은 사실 전염병의 발발이다. 한쪽 지역 사람들에게는 이미 오래 전부터 면역이 생겨나서 심각한 병을 일으키지 않는 병원균이라 해도 그 병에 대한 면역이 전혀 준비되어 있지 않은 다른 지역 사람들에게 갑자기 전해지면 가공할 전염병이 폭발하는 수가 있다. 무엇보다도 큰 피해를 몰고 온 병은 천연두였다. 콜럼버스의 항해 이후 천연두 하나만으로 세계 인구의 5분의 1이 죽었다는 것이 의학사가들의 주장이다. 아메리카 인디언들은 유럽의 병에 속수무책으로 죽어 갔다. 때로는 한 마을 사람들이 몰살당하기도 했고, 살아남은 사람들도 엄청난 정신적 충격에 휩싸였다.

이런 가공할 사태는 인디언 사회를 뿌리째 뒤흔들어 놓았다. 기존의 전통적인 치료 방법도 듣지 않았고, 사람들을 이끌었던 무당의 권위도 흔들렸다. 갑자기 주변 세계와 영적인 교섭이 끊어진 듯이 보였다. 이런 사태에 직면한 사람들은 이것을 동물들의 소행이라고 보았다. 그토록 심한 질병이 어디에서 왔는지 도대체 알 수 없었던 인디언들은 아마도 이것이 동물들의 소행이라고 생각했던 듯하다. 어쩐 일인지는 모르지만 동물들이 인간에게 악행을 저지르고 있다고 말이다. 곧 동물들을 존중하면서 지켜왔던 터부도 깨졌다. 말하자면 지금까지 이 자연계 안에서 사람 세계와 동물 세계 사이에 맺어져 있던 우호적인 관계가 끊어지고 전쟁 상태가 된 것이다. 백인들에게 모피를 주기 위해 동물을 마구 죽이는 행위 뒤에는 사실 동물들과의 전쟁에서 '적'들을 살해하는 현상이 숨겨져 있었다.

유럽 문명과 접촉한 후 인디언 사회는 경제적으로는 유럽 중심의 교환관계 속으로 흡수되어 갔고, 동시에 그들의 영적인 세계, 그리고 자연과 맺고 있었던 기본적인 관계는 송두리째 파괴되었다. 하나의 문명, 하나의 세계가 총체적으로 부서지고 있었다.

티베트 고산에서 남태평양 바다 위 문명까지

세계는 다양성을 품어 가지고 있음으로써 아름답다. 온갖 꽃들이 흐드러지게 피어난 봄 들판처럼, 이 지구상에는 색다른 문명들이 아름답게 성장해 왔다. 티베트 고산 지대에서, 사하라 사막 열사 한가운데의 오아시스에서, 아마존의 깊숙한 열대우림에서, 혹은 남태평양의 푸른 바다 위에 떠 있는 섬들에서, 자신의 삶의 방식을 가꾸어 온 각각의 사회는 모두 숨어 있는 보석과도 같다. 인간은 얼마나 신통하게도 색다른 문명들을 가꾸어 왔는가.

우리는 북아메리카의 인디언 부족들이 세계와 우주에 대해 어떻게 생각했으며, 주변의 자연과 어떤 관계를 맺으며 살았는가를 살펴보았다. 그들의 삶은 한편으로 우리와 통하는 부분도 없지 않지만 다른 한편 우리와는 너무나도 달라서 마치 꿈에서 보는 세계처럼 느껴지기도 한다. 물론 사라진 과거 인디언들의 세계가 아름다웠노라고 무조건 미화할 일만은 아니다. 우리는 섣불리 인디언 문명이 원시적이라고 폄하해서도 안 되지만, 그들이 지극히 고상한 나머지 이 세상을 초탈한 신성함을 가지고 있다는 식으로 미화해서도

안 된다. 정말로 중요한 것은 가능한 한 있는 그대로 그들의 문명이 어떠했는지 이해하는 일이다. 그들 역시 장점과 동시에 단점을 가지고 있는 인간들인 것이다. 예컨대 그들은 전쟁 시에 포로를 잡으면 손가락을 이로 물어뜯어서 뼈가 나오도록 만들거나 날카로운 조개 껍질로 귀를 잘라내는 식으로 가능한 한 끔찍한 고통을 가하는 악습을 가지고 있었다.

그러나 분명 그들이 아주 풍요로운 정신적 자산을 발전시켰다는 점에 대해서는 최근의 많은 연구들이 거듭 이야기하고 있다. 그들은 나머지 다른 대륙과 적어도 만 년 이상 떨어져 살면서 우리와는 아주 다른 생각, 꿈, 철학, 종교를 발전시켰다. 그들에게는 분명 그들의 소크라테스가 있고, 미켈란젤로가 있으며, 셰익스피어가 있었을 것이다. 그들과 창조적인 교류를 하였다면 우리의 삶은 얼마나 더 풍성하게 되었을까.

그러나 그런 일이 일어나기 전에 인디언 문명은 역사의 뒤안길로 사라져 갔다. 유럽인들은 인디언들의 말을 알아듣지 못했을 때 그들을 아예 언어를 가지지 못한 존재라고 생각했고, 인디언들의 종교가 기독교와 다르다는 이유로 아예 종교를 가지고 있지 않다고 단정했으며, 인디언들이 대지를 매우 특이한 방식으로 이용한다는 사실을 알지 못하고는 하느님의 선물인 자연을 방치하고 있으므로 그 땅을 식민화해도 괜찮다고 우겼다. 유럽인들은 자신들과 다른 세계의 아름다움을 읽어 내는 능력이 없었다. 그리하여 인디언 문명을 잔인하게 짓밟아 파괴했다. 그 이후 근대 세계에서 일어난 일은 폭력의 세계화였다. 그 과정에서 근대 문명은 너무나 많은 정신적 보물들을 알아보지 못하고 내다 버렸다.

오늘 우리에게 무엇보다 필요한 것은 세상의 여러 아름다움을 느낄 수 있는 천진스러운 감수성이다.

조홍섭

환경운동과 자연사, 전통생태학에 관심이 많으며, 자연히 생태 탐사와 사진 촬영에 취미를 붙이게 됐다. 언젠가 인간과 자연에 관한 통찰을 동물의 눈으로 풀어 놓은 소설을 써 보겠다는 꿈을 갖고 있다. 현재 〈한겨레〉에서 환경 전문기자로 활동하고 있다. 저서로 《생명과 환경의 수수께끼》, 《프랑켄슈타인인가 멋진 신세계인가》, 《인간과 환경》 등이 있으며, 《현대 과학기술과 인간해방》을 편역했다. 환경유공국민포장, 환경운동연합 녹색언론인상, 교보생명환경문화상 환경언론부문 대상을 수상하였다.

왜 다윈핀치는
서로 비슷해지고 있나

진화의 방향을 거꾸로 돌리는 사람들

텃밭에서 작은 농사라도 지어 본 사람이라면 잡초나 해충과 불가피하게 전쟁을 벌여야 함을 안다. 그건 사람만을 위해 특별하게 육종한, 당연히 곤충에게도 너무 맛좋은 농작물을 재배한 결과다. 우리는 다른 생물의 처지에서도 생각해 봄으로써 인간이 자연 속에서 어떻게 살아왔는지를 성찰할 수 있게 된다. 이를 위해서도 자연에 대한 지식을 넓힐 필요가 있다. 마치 낯선 사회에 처음 들어가면 그곳 문화와 제도, 그리고 이웃들의 이름과 성격을 익히듯이 우리는 자연 공동체에서 마찬가지의 수고를 해야 한다.

섬진강에만 살던 줄종개,
점줄종개만 살던 동진강에 나타나다

지난해 임진강에 놀러갔다가 어린 돌고기 두 마리를 채집했다. 길쭉한 몸 가운데 짙은 검은색 줄무늬가 선명한 앙증맞은 놈들이었다. 우리 선조들은 두툼한 입술을 가졌다 하여 이 물고기를 돼지를 닮은 '돛고기'라고 불렀다지만, 바닥에 돌이 깔린 곳을 좋아하니 요즘 우리가 부르는 돌고기라는 이름도 어색하지 않다. 서양에선 가운데 줄무늬에 주목해 '연필고기'라고 부른다. 어쨌든 집 수족관으로 이사한 이녀석들은 왕성한 식욕을 뽐내며 잘 자랐다. 하지만 이제 귀여운 맛도 사라지고 다 자라 '출가'를 시켜야 할 때가 왔다. 마침 금강에 갈 일이 있어 물통에 돌고기들을 넣었다.

"자, 이제 자유다!"

물통을 하천 물에 담갔다. 봄철 개울물은 우리가 짐작하는 것보다 훨씬 차다. 애써 기른 물고기들을 조급하게 해방시키려다 황천길로 보낸 아픈 기억이 있다. 그래서 물통의 수온과 하천의 수온이 같아질 때까지 참을성 있게 기다려야 한다. 답답한 물통에서 벗어나 개울을 마음껏 헤엄칠 녀석들을 떠올려 봤다. 이곳에 사는 다른 돌고기들이 반갑게 맞아 줄까? 그 순간 가슴이 덜컥 내려앉는 의문이 떠올랐다. 임진강 돌고기와 금강 돌고기는 같은 종인가? 적어도 도감엔 같다고 적혀 있다. 그렇다면 두 돌고기는 유전적으로 동일

돌고기

한가? 그건 아닐 것이다. 금강의 돌고기와 임진강의 돌고기가 서로 만나 새끼를 낳을 가능성은 없다. 두 강의 하구는 바다로 가로막혀 있기 때문이다.

그렇다면 그 둘이 마지막으로 만난 것은 언제였을까. 아마도 가장 최근의 빙하기였던 1만 2천 년 전, 해수면이 낮아져 한강과 금강, 그리고 황하나 섬진강 등이 거대한 고황하의 지류였던 시절이 마지막이었을 것이다. 홍수 때 임진강에서 쓸려 나간 돌고기가 금강으로 거슬러 올라갔을 가능성은 꽤 높다. 제주도 남서쪽에서 바다로 흘러들어가던 고황하로 연결됐기 때문에 중국, 한국, 일본 서부에는 붕어, 잉어, 돌고기 등 같은 종의 민물고기가 여럿 있다.

결국 그날 돌고기는 자유를 맛보지 못했다. 1만 년 이상 격리돼 별도의 진화 과정을 겪고 있는 두 돌고기 집단의 자연사에 감히 개입할 생각은 없었기 때문이다. 하지만 이런 개인적 소심함을 비웃기라도 하듯 하천의 생물을 마구 뒤섞는 시도가 벌어지고 있다. 한반도에 대운하를 건설하겠다는 계획도 그런 예 중 하나로, 사실 생태에 눈 감은 사업은 오래 전부터 벌어져 왔다. 일제는 호남평야를 대륙 침략을 위한 식량 창고로 이용했다. 1931년 전북 정읍시 칠보면

시산리에 운암발전소를 지은 것도 그런 목적에서였다. 벌판이 넓지만 물이 부족한 호남평야에 섬진강 물을 산 속에 3킬로미터 길이의 터널을 뚫어 끌어 오는 설계였다. 이후 1965년 섬진강 다목적댐이 완공되면서 옥정호에 가둬진 섬진강 물은 해마다 3억 5천만 톤이 지하터널을 통해 김제와 계화도 평야의 관개용수로 공급되고 있다. 1만 년 이상 격리돼 온 동진강과 섬진강은 이렇게 서로 만났다.

그로부터 80년 가까운 세월이 흐르면서 강 생태계에는 무슨 일이 벌어졌을까. 전북 부안이 고향인 이완옥 내수면생태연구소 연구관은 대학원에 다닐 때부터 동진강 상류의 어류상이 무언가 이상하다고 느껴왔다. 그는 2006년 동진강 상류와 섬진강 옥정호의 어류상을 면밀히 조사한 끝에 유전자 교란이 심각하게 벌어지고 있음을 확인했다. 고유종을 잡종으로 바꾸어 놓은 이 현상은 자연이 수만 년 동안 이룩한 변화를 사람이 한순간에 되돌렸음을 뜻한다. 그 내막을 알아보자.

흔히 흙탕물에 사는 것으로 알고 있지만, 미꾸릿과의 물고기 가운데는 바닥에 돌이나 모래가 깔린 맑은 여울에서 서식하는, '종개'로 끝나는 이름을 가진 것들이 적지 않다. 이들 가운데 상당수는 오래 전부터 한반도 곳곳에 고립되어 고유종으로 분화됐다. 하나의 종이 여러 종으로 분화하는 진화의 산 증거인 셈이다. 그러다 보니 아주 좁은 지역에만 분포하는 종도 적지 않다. 미호종개는 미호천과 인근 일부 하천에만, 부안종개는 전북 백천에만, 그리고 좀수수치는 전남 고흥반도에만 산다. 전 세계에서 이 좁은 하천 한 곳에만 사는 특별한 생물들이다. 마찬가지로 남방종개는 영산강과 탐진강 일대, 동방종개는 형산강과 영덕 오십천, 송천천 일대에서만 볼 수 있다. 이 작은 서식지가 사라진다면 이들 한반도 고유종은 절종된다. 어류학자들이 이들의 미래를 불안하게 지켜보는 이유이기도 하다.

다시 이완옥 박사의 조사로 돌아가면, 동진강 상류에서 이상하게 생긴 종개를 채집했다. 자세히 살펴보니 가슴지느러미의 모양은 참종개의 것인데 반점과 크기는 왕종개에 가까웠다. 참종개는 황해로 흐르는 한강, 금강, 동진강 등에 분포하는 한국 고유종이다. 노령산맥 이남의 섬진강, 낙동강 등 남해로 흐르는 강에는 참종개에서 분화된 왕종개가 산다. 그런데 이 둘이 뒤섞여 잡종을 형성한 것이다. 이것만이 아니다. 섬진강에만 살던 줄종개가 점줄종개가 사는 동진강에 나타나고 있다. 이들의 잡종화도 진행 중이다. 이 박사는 이 수역에서 겉모양은 점줄종개처럼 보여도 유전자는 이미 줄종개의 것과 뒤섞여 버려 순종을 찾아볼 수 없는 지경에 이르렀다고 한탄한다.

자연계에서 다른 종끼리는 서로 교배하는 것을 막는 다양한 장치를 해 둔다. 서로 서식 장소나 산란 시

동진강의 참종개가 섬진강 왕종개와 만나 잡종화되고 있는 모습

기·장소를 달리하는 등 선택적인 행동을 한다. 그러나 왕종개와 참종개처럼 지리적으로 완벽하게 격리된 종 사이에는 이런 격리 장치가 없다. 따라서 지리적 격리 장벽이 인공도수로 설치 등으로 무너지면 어렵게 분화한 두 종은 잡종화하면서 다양성이 사라져 버린다.

외국에도 이런 예가 있다. 아프리카 최대 호수인 빅토리아호에는 씨클리드라는 민물고기가 산다. 수족관에서도 인기가 높은 물고기지만 진화생물학자들에게는 보물과 같은 종이다. 왜냐하면 1만 5천 년이란

씨클리드

'짧은' 기간에 한 종의 물고기가 무려 5백여 종으로 분화했기 때문이다. 호수 어느 곳에서는 기의 암초 하나마다 다른 종이 살 정도로 다양성이 뛰어나다. 식성도 호수의 여건에 맞춰 다채롭게 바뀌었다. 식물플랑크톤을 먹는 것부터 다른 고기나 다슬기를 먹는 것, 다른 물고기의 비늘을 뜯어 먹는 종, 낳은 알을 입에 보관하는 어종을 놀라게 해 뱉어낸 알을 전문적으로 빼앗아 먹는 종 등 온갖 방식이 다 있다. 비슷비슷한 이들이 분화하는 비결은 색깔과 무늬의 미묘한

빅토리아호

차이에 따라 다른 종과 구분하여 짝을 찾는 것이다. 이 바람에 모양과 빛깔이 다채로워 관상어로 환영받는 계기가 되기도 했다. 씨클리드는 1970년대부터 풀어놓은 외래종 나일농어로 인해 200여 종이 멸종하는 타격을 입었다. 게다가 수질오염이 심해져 물이 탁해지면서 색깔 차이로 짝을 찾던 씨클리드들의 잡종화가 진행되고 있다.

물고기 말고도 역진화의 사례가 있다. 태평양의 외딴 섬 갈라파고스에는 '다윈핀치'란 작은 새들이 산다. 다윈이 비글호를 타고 항해하다 채집한 이 핀치는 진화론 탄생에 기여했다. 섬에 고립된 한 종의 핀치가 무려 13종으로 분화했는데 이들은 비슷한 몸집과 색깔

을 지녔지만 사는 곳, 먹이,
짝짓는 시기 등에 따라 부리
의 크기와 모양이 천차만별
이고 씨앗만 먹는 것부터 육
식성인 것까지 다양하다. 게
다가 이들의 진화는 현재 진
행형이다.

다윈핀치

캐나다 맥길대학의 진화생태학자 앤드류 헨드리는 갈라파고스
산타 크루즈 섬의 핀치에게서 특이한 변화를 발견했다. 이 섬의 핀
치는 1960년대 초만 해도 부리가 크거나 작았지 중간 크기는 없었
다. 각각 큰 씨앗과 작은 씨앗을 먹기에 적합하도록 진화한 결과였
다. 그런데 최근 이 섬을 다시 찾고 보니 중간 크기 부리가 판을 치
고 있었다. 특히 마을 근처에 이들이 많았는데 그 원인은 사람들이
새 먹이로 쌀을 주기 시작한 데 있었다. 중간 크기의 씨앗인 쌀을
늘 먹을 수 있게 되면서, 크고 작은 크기의 씨앗에 적응하느라 분화
된 종들이 점점 중간 크기의 부리로 바뀌어 간 것이다. 사람이 진화
의 방향을 거꾸로 돌려 버린 셈이었다.

진화의 원동력은 자연선택이다. 그러나 이제 '인간선택'이 자연을
바꾸고 있다.

인도양에 있는 마다가스카르 섬은 고유 생물이 많기로 유명하다.
이곳 열대림 식물의 60퍼센트가 세계 다른 곳에는 없는 특산종이다.

이들 가운데 '예언'이란 이름을 가진 난초가 있다. 진화론을 완성한 찰스 다윈이 처음 학계에 발표한 이 식물은, 꽃술이 꽃으로부터 45센티미터나 떨어져 있다. 다윈은 언젠가 대롱의 길이가 45센티미터나 되는 나방이 발견될 것이라고 예언했다. 그 예언은 반세기 뒤 다윈의 사후에 정확하게 실현되었다.

오랜 진화과정을 거치면서 생물은 놀랄 만큼 다양한 모습과 기능을 갖추게 됐다. 다윈의 예언은 생물 다양성에 대한 폭넓은 관찰에서 나왔을 것이다. 그는 새 한 마리의 깃털에 붙어 있던 씨앗을 꼼꼼하게 떼어 내 배양한 결과 모두 82종류의 싹을 틔우기도 했다.

생물은 종류가 많을 뿐더러 서로 밀접하게 연계돼 있다. 영국의 희귀한 동물 가운데 하나인 큰푸른나비가 그런 예다. 이 나비는 백리향이란 식물에 알을 낳는다. 애벌레는 백리향을 먹으면서 자라 마지막 단계에 이르면 흙바닥에 내려간다. 개미의 눈에 띄기 위해서다. 이를 자기 알로 착각한 붉은개미는 큰푸른나비의 애벌레를 정성껏 굴속으로 옮긴다. 그곳에서 애벌레는 개미의 애벌레를 잡아먹으면서 무럭무럭 자란다. 물론 개미의 '호의'에 보답하기 위해 개미가 좋아하는 분비물을 내 개미를 달래기도 한다.

그러나 큰푸른나비가 붉은개미에만 의존하는 건 아니다. 목초가 너무 웃자라 백리향이 자랄 수 없거나 붉은개미가 서식하기 곤란하면 안 되기 때문에 주로 절벽의 초지 끄트머리에 있는 큰푸른나비의 서식지가 유지되려면 농부가 쳐 놓은 울타리 너머로 토끼가 들어와 풀을 뜯어먹어 줘야 한다. 실제로 영국에서 토끼 유행병이 번져 토끼들이 대거 죽자 큰푸른나비도 거의 멸종에 이른 적이 있었다. 풀을 뜯을 토끼가 부족하면 사람이 풀이 너무 무성하지 않도록 초지를 관리해야 한다. 결국 이 멋진 나비가 지구에서 사라지지 않으려면 적어도 붉은개미, 토끼 그리고 사람의 도움이 있어야 한다.

큰푸른나비는 우리가 알게 된 몇 안 되는 교묘한 생태적 상호관계의 예일 뿐이다. 생물 사이의 미묘한 상호관계는 사실상 거의 대부분 잘 알려져 있지 않은 상태다.

급감하는 생물다양성과 멸종 위기의 생물들

요즘 지구가 당면한 가장 심각한 환경문제를 꼽으라면 전문가들은 아마 예외 없이 기후변화와 생물다양성 감소를 들 것이다. 그런데 기후변화는 또한 생물들을 멸종에 몰아넣을 가장 큰 위협으로 꼽히고 있어, 생물다양성 문제가 지구 환경문제의 핵심 과제라고 해도 지나치지 않다. "세계의 생물다양성은 명백하게 점점 빨리 감소하고 있다"고 세계자연보전연맹IUCN 아킴 슈타이너 사무총장은 2006년도 멸종위기종 목록(적색목록)을 발표하면서 말했다. 지구의 생물다양성에 대한 가장 권위 있는 평가로 받아들여지는 이 목록은 조사 대상인 4만여 종의 동·식물 가운데 1만 6,119종이 멸종 위기에 놓여 있다고 진단했다. 여기엔 낯익은 북극곰, 하마, 상어, 민물고기가 포함돼 있다. 이 목록을 보면, 조사 대상인 양서류의 3분의 1, 포유류와 침엽수의 4분의 1, 그리고 조류의 8분의 1이 멸종 위험에 놓여 있다. 이번 평가에서는 북극곰이 지구온난화 영향으로 45년 뒤 30퍼센트가량 줄어들 것으로 예상돼 처음으로 위기종으로 분류됐다. 해양동물 가운데 상어와 가오리에 대한 광범한 평가가 처음 이루어지기도 했는데 그 결과 547종 가운데 20퍼센트가 멸종 위기로 나타났다. 이들은 느리게 자라 남획에 취약하다. 잘 알려져 있듯이 중국과 대만, 한국 등 아시아가 이들의 주요 소비 지역이다. 상어에는 '폭군', '식인' 따위의 과장된 수식어

멸종 위기에 놓인 것으로 보고된 북극곰, 가오리, 상어, 하마

대신 '멸종 위기'란 말이 붙어야 한다.

담수어류의 상태도 여전히 좋지 않다. 특히 지중해에선 고유 담

수어의 56퍼센트가, 아프리카에선 28퍼센트가 멸종을 앞둔 것으로 밝혀졌다. 습지생태계의 지표인 잠자리와 실잠자리도 전체의 3분의 1 가까이가 멸종 위기 상태로 나타났다. 하마는 세계에서 두 번째로 개체수가 많은 콩고민주공화국에서 고기와 이빨을 노린 무분별한 사냥으로 95퍼센트가 사라지면서 처음으로 위기 등급에 올랐다.

식물이 햇빛을 받아 낮에는 광합성을 해 산소를 내보내고 밤에는 호흡을 하면서 이산화탄소를 내보낸다는 기초적인 과학상식이 어떤 사람들에게는 밤중에 방안의 화초를 불안하게 쳐다보게 만든다. 화초 때문에 질식사했다는 얘기를 들은 적이 없어 안심은 되지만, 도대체 우리가 숨 쉬는 산소는 어디서 오는 것일까. 놀랍게도 이런 근본적인 의문에 대해 전세계 과학계가 정확한 답을 얻어 낸 지는 20년밖에 안 된다.

1988년 미국 매사추세츠 공대 샐리 치솜과 우즈홀 해양연구소 로버트 올슨은 과학저널 〈네이처〉에 주목할 만한 논문을 발표했다. 세계에서 광합성을 하는 가장 작은 생물이면서 세계에서 가장 수가 많은 생물인 '프로클로로코쿠스' 속屬 생물의 발견을 알린 논문이었다. 단세포인 시아노박테리아, 규조류 등으로 구성된 이 생물은 크기가 0.001밀리미터의 절반밖에 안 되지만 바닷물 한 방울에 최고 2만 개나 존재한다. 주로 바다 표면 200미터 이내에 떠다니는 이 생물은 지구에서 벌어지는 광합성의 절반을 담당한다. 다시 말해 온난화를 일으키는 지구 이산화탄소의 절반을 제거하고 우리가 숨

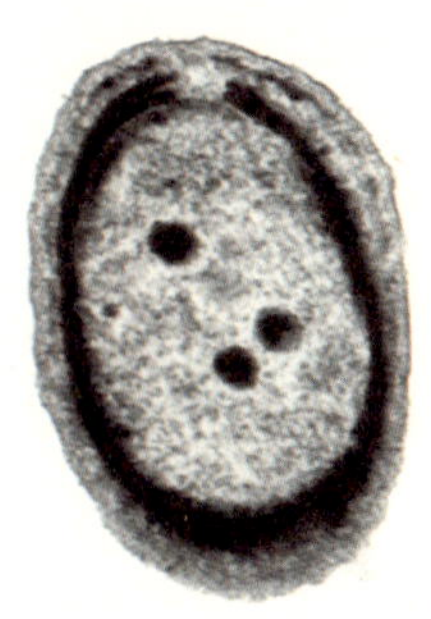

쉬는 산소의 절반을 만들어 내는 존재가 이 눈에 보이지 않는 작은 생물이라는 것이다. 프로클로로코쿠스는 우리가 생물 세계에 대해 얼마나 무지한가를 단적으로 보여준다. 바다는 물고기가 가끔씩 지나가는 빈 공간이 아니었던 셈이다.

생물다양성의 폭은 넓다. 펄펄 끓는 물이 솟아나오는 온천과 심해저 분출공, 또는 엄지손톱 위에 승용차를 한 대 올려놓은 정도로 압력이 센 수천 미터 깊이 대양 바닥이나 빙점 아래 극지 해양의 찬 물, 방사능이 센 핵연료 보관 수조 안에도 세균이 산다. 태양이 없는 땅속 깊은 곳에도 생물이 있다. 광합성이 아니라 암석 속에서 영양분을 섭취하는 지하 암석 독립영양 미생물 생태계SLIME가 땅속에 펼쳐져 있다. 아마도 이들은 지상의 생물이 멸종하더라도 계속 생존해 결국은 광합성을 하는 새로운 형태의 생물로 진화해 나올 것이다. 세계의 생물종 수는 1천만에서 1억 종 범위에 있을 것으로 추정된다. 대개 1천500만 종을 꼽는다. 이 가운데 현재 기록된 종은 170~180만 종에 불과하다. 아는 종보다 모르는 종이 10배쯤 많은 셈이다.

생물은 모든 곳에 고르게 분포하는 게 아니다. 세계에서도 생물다양성이 아주 높은 곳은 따로 있다. 주로 열대우림 지역인 이른바 '핫스폿hot spot'이라고 부르는 곳이다. 중앙아프리카 상아해안, 남아

프리카 케이프주, 마다가스카르, 히말라야 동부, 말레이 반도, 보르네오 북부, 필리핀, 오스트레일리아 남서부, 캘리포니아 해안, 아마존 서부 고원지대, 브라질 대서양 연안, 칠레 중부 등이 그런 곳이다. 이들 지역의 생물다양성은 놀랄 만해, 개미 연구가 에드워드 윌슨은 "전 세계의 개미는 1만 종이 밝혀져 있지만 열대지방을 자세히 조사하면 그 수는 배로 늘어날 것"이라며 "아마존 강 상류 삼림지대에서 나무 한 그루의 가지와 잎으로 이뤄진 수관樹冠에서 43종을 동정同定했는데, 이는 영국에 존재하는 모든 개미의 종수와 맞먹는다"고 말하기도 했다.

2006년 백령도 등 서해접경해역과 경기만에서 해양생태계 기본조사를 시작한 국립수산과학원은 조사 결과를 보고 깜짝 놀랐다. 2월과 5월 두 번 조사했을 뿐인데, 처음 보는 생물이 알려진 종보다 더 많이 쏟아져 나온 것이다. 바다 바닥에 사는 저서동물을 370종 채집했는데 219종이 미기록종, 1종은 신종이었다. 그동안 생태조사가 당장 경제성이 있는 어류와 그 먹이인 플랑크톤에 집중됐을 뿐 저서동물 등 다른 생물에 대해서는 체계적으로 이뤄지지 않았던 것이 이런 노다지를 만나게 된 이유였다. 하지만 지난 20년 사이 개펄의 20퍼센트가 사라지는 등 생물종의 기반은 이미 무너져 내리고 있다. 우리가 미처 파악하지 못하는 동안 생물종의 감소는 가속화하고 있다.

우리나라는 온대지방에 위치하지만 여러 기후대가 겹치고 반도

이기 때문에 다른 나라보다 생물다양성이 풍부하고 고유종이 많을 것으로 추정되고 있다. 환경부는 육상과 해상을 포괄한 한반도에서 기록된 생물종을 동물 1만 8천 종, 식물 8천 종 등 모두 2만 9,916종으로 집계한다. 우리와 생물지리학적 조건이 비슷한 일본이나 영국에 비춰 한반도의 생물은 약 10만 종 이상일 것으로 추정한다. 밝혀진 종의 수가 일본은 우리보다 무척추동물은 2배, 곤충은 3배나 많다. 우리나라 생물의 70퍼센트는 발견되기를 기다리고 있는 것이다.

문제는 무슨 생물이 사라지고 있는지도 모르는 사이에 서식지 감소, 남획, 외래종 침입 등에 의해 생물종이 줄어들고 있다는 사실이다. 환경부는 국제적인 멸종률인 연간 0.5퍼센트를 적용하면 우리나라 생물종 10만 종 가운데 해마다 500종, 매일 1.4종이 사라지고 있다고 추정하고 있다. 그러나 여기엔 지구온난화 등 새로운 위협 요인은 고려되지 않았다. 지구온난화로 2050년까지 기온이 섭씨 2도 상승하면 지구상 동·식물의 4분의 1이 멸종할 것으로 예상된다. 전 세계적으로 생물종의 절멸 속도는 사람이 압력을 가하기 전보다 1천~1만 배 빠른 것으로 알려져 있다. 인간이 출현하기 이전 시기에 절멸률은 연간 100만 분의 1종이었고 신종 형성율은 이와 비슷하지만 약간 높아, 종 다양성은 느리게나마 증가했다. 하지만 현재의 절멸률은 연간 100만분의 100~1,000종에 이른다. 이대로라면 21세기 말까지 생물의 반이 절멸할 것이란 계산이 여기서 나오는 것이다.

멸종의 주 원인은 서식지 파괴와 훼손이며, 이어 외래종 도입, 남획, 오염과 질병이 뒤따른다. 최근엔 기후 변화가 점차 중요한 위협으로 떠오르고 있고, 종간 벽을 넘어 인위적으로 유전자를 이동시키는 유전공학 기술은 생물 다양성 교란의 새로운 차원을 열어 놓고 있다.

사회생물학자이자 보전생물학자인 에드워드 윌슨이 최근 낸 책 《생명의 미래》에는 그가 후손에게 남기는 공개 유언장이 실려 있다. 생물다양성을 지키지 못한 미안함과 함께 지구를 망가뜨린 사람들에 대한 야유를 담은 그 내용은 이렇다.

여기저기 사용하지 않고 남겨 놓은 얼마 안 되는 야생 환경과 함께, 하와이의 합성 정글, 그리고 한때는 삼림으로 울창했던 아마존 잡목 지대를 우리는 당신들에게 유산으로 남깁니다. 당신들이 할 일은 유전공학으로 새로운 종류의 동식물을 창조하고 이들을 독립적인 인공 생태계에 적응시키는 깃입니다. 우리는 이 임무가 불가능할지도 모른다는 사실을 이해합니다. 당신들 다수가 그런 일을 한다는 생각조차 혐오할지도 모른다는 사실을 우리는 확신합니다. 부디 행운이 있기를, 그리고 기술발전 덕분에 그 시도가 성공한다고 해도 당신들이 만들어 내는 것이 원래 창조되었던 것처럼 성공적일 수 없다는 사실을 유감으로 생각합니다. 우리의 사과와, 과거에 존재했던 놀라운 세계를 보여 주는 시청각 자료를 받아 주십시오.

그는 지구의 생물을 그 자체가 무한한 지식과 아름다움으로 가득 찬 위대한 작품이라고 본다. 생물은 지구의 자연사를 간직한 살아 있는 도서관이란 얘기다. 나아가 그는 인간이 통일된 창조신화를 갖는다면 그것은 바로 진화의 역사이며, 따라서 생물다양성을 보존하는 것은 불멸성에 대한 투자라고 주장한다. 이런 믿음에서 그는 단호하게 "극단주의자라는 욕을 먹어도 좋다. 세계의 반은 인류가 아닌 생물에게 양보해야 한다"고 외치는 것이다.

존중받는 삶을 위한 필요충분조건

설악산이나 오대산의 깊은 숲 속에 들어가면 아름답다는 탄식이 절로 나온다. 그 숲에 사는 무슨 희귀종이나 천연기념물 때문에 그런 느낌이 생기는 건 아닐 것이다. 소나무 숲과 바위 사이를 흐르는 시냇물, 그리고 그 위로 날아오르는 제비나비 등이 하나로 어우러져 우리에게 자연의 아름다움으로 다가온다. 그것은 조화이기도 하지만, 끊임없는 변화 속에 생존경쟁을 벌이는 역동성일 수도 있다. 어쨌든 우리는 사람들 사이에서는 느끼지 못하는 충만감을 잘 보전된 자연에서 얻는다. 마치 서로를 잘 알고 아껴 주는 시골마을에서 편안함을 느끼는 것과 같다.

환경윤리학의 문을 연 자연주의자 알도 레오폴드는 사람을 생명 공동체의 한 구성원으로 규정하는 토지윤리를 제창했다. 미국 연방 정부 산림공무원이던 그는 사냥감인 사슴을 지키기 위해 포식자인 늑대를 없앴다가 결국 사슴마저 사라지게 된 경험에서 출발해 포식자도 생명공동체의 구성원이란 사실을 깨달았다. 나아가 그는 토지공동체 구성원 대부분이 아무런 경제적 가치가 없다는 데 착안해 경제적 동기가 보전의 근거가 될 수 없다고 주장했다. 그가 얻은 결론인, "낱낱의 물음을 경제적으로 무엇이 유리한가 하는 관점뿐만 아니라 윤리적·심미적으로 무엇이 옳은가의 관점에서도 검토하라. 생명공동체의 통합성과 안정성 그리고 아름다움의 보전에 이바지한다면, 그것은 옳다. 그렇지 않다면 그르다"는 경구는 나온 지 60여 년이 지난 요즘에도 힘을 잃지 않고 있다.

생물다양성의 가치는 인간 중심주의에서 벗어나야 빛을 발한다. 생명공동체가 늘 평화로운 건 아니기 때문이다. 텃밭에서 작은 농사라도 지어 본 사람이라면 잡초나 해충과 불가피하게 전쟁을 벌여야 함을 안다. 그건 사람만을 위해 특별하게 육종한, 당연히 곤충에게도 너무 맛좋은 농작물을 재배한 결과다. 우리는 다른 생물의 처지에서도 생각해 봄으로써 인간이 자연 속에서 어떻게 살아왔는지를 성찰할 수 있게 된다. 이를 위해서도 자연에 대한 지식을 넓힐 필요가 있다. 마치 낯선 사회에 처음 들어가면 그곳 문화와 제도, 그리고 이웃들의 이름과 성격을 익히듯이 우리는 자연 공동체에서 마찬가지의 수고를 해야 한다.

이런 노력을 통해 자연에 대한 감수성이 높아진다. 자연에 대해 성숙하고 지혜로운 시야를 넓혀 가면서 우리는 먼 자연을 찾아가지 않더라도 우리 주변에서 놀라운 자연을 알아볼 수 있다. 훈련받은 감수성을 가진 눈으로 볼 때 마당의 연못은 놀라운 생명이 꿈틀대는 자연으로 바뀐다. 마치 도를 닦듯이 자연을 보는 눈이 깊어진다면 우리 몸 자체에서 거대한 자연을 느낄 수 있을지도 모른다. 인간의 몸은 어차피 수많은 미생물들의 집이 아니던가.

인간 중심주의를 벗어난 성숙한 자연관은 좀더 현실적인 문제를 풀어 갈 때도 도움이 된다. 인류는 지구를 자기 것처럼 쓰고 있다. 인간이란 생물이 번창하면서 지구의 다른 생물들은 점점 자리를 내줄 수밖에 없는 처지로 몰리고 있다. 사람들은 갈수록 다른 생물들을 자기 목적을 위한 수단으로 바꿔 놓고 있다. 닭고기를 먹으면서 우리는 그 닭이 어떻게 살다가 내 밥상에 오르게 됐는지를 모르며 알 필요도 없다고 느낀다. 풀을 뜯고 개구리를 잡아 먹이며 직접 기른 닭을 잡아먹을 때 우리는 그 닭의 짧은 삶도 함께 우리 몸속에 들여놓는다. 거기엔 고마움과 미안함, 곧 닭에 대한 존중이 들어 있다. 하지만 공장식 축산으로 기른 닭이 한순간도 햇볕 속에서 뛰놀지 못하고 미처 털갈이도 마치기 전에 도축되거나, 이들이 먹는 사료에 동료 닭들의 깃털이 단백질 성분으로 들어 있는지 등을 우리는 식품점에서 깔끔하게 포장된 고기를 살 때 알지 못한다. 우리는 생명체가 아닌 고깃덩어리인 닭을 소비할 뿐이다. 채식주의자들이 고기를 기피하는 것은 이처럼 고기 속에 담긴 폭력적인 인간 중심주의 때문일 것이다. 자기의 몸을 위한 올바른 음식 선택이 결국 다른 생물에 대한 존중으로 이어진다. 다른 동물의 삶과 고통을 느끼기 시작하면 우리는 자신과 이웃의 삶을 더욱 존중하게 되는 것이다.

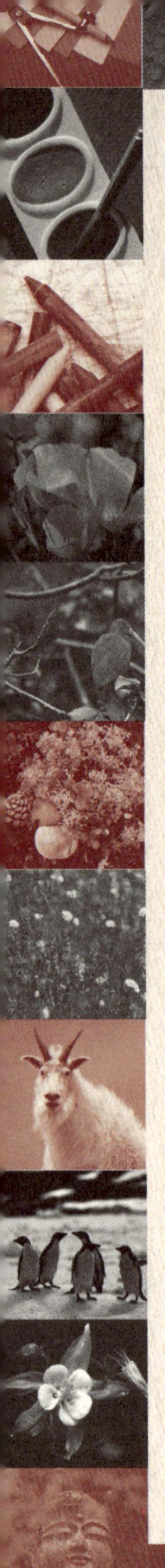

구본형

변화경영전문가. 구본형 변화경영연구소 소장으로 강연과 저술 활동을 하고 있으며, 어제에 갇히지 않고 오늘다운 생각과 행동을 시도하고 모색할 수 있도록 조직과 개인을 돕는 일을 즐겨 한다. 7년 동안 10권의 저서를 통해 인문학과 경영학의 다양한 접점을 모색한 그는 앞으로 10년 동안 100명의 연구원들과 함께 '한국과 세계'라는 주제를 가지고 그 어울림의 방식을 다루어 보려 하고 있다. 저서로 《익숙한 것과의 결별》, 《낯선 곳에서의 아침》, 《월드클래스를 향하여》, 《떠남과 만남》, 《그대 스스로를 고용하라》, 《사자같이 젊은 놈들》, 《내가 직업이다》, 《일상의 황홀》, 《오늘 눈부신 하루를 위하여》, 《코리아니티》 등이 있다.

자신의 꽃을 피워라, 그리고 다른 꽃들과 함께 그 아름다움을 자랑하라

다름, 그 위대한 위안에 대하여

우리가 같아질 필요가 있을까? 이미 인류는 생물학적인 유사성으로 똘똘 뭉쳐 있다. 거기에 문화적 동질성까지 공유하다 보면 한국인들은 또 그 속에서 더 비슷한 유사성으로 고착된다. 우리에게 남은 이질성과 차별성은 이미 별로 자유로운 공간을 남겨 두지 않는다. 따라서 한 개체가 가지고 있는 상이성을 견디지 못하고 배척하는 것은 매우 자연스러운 일이기는 하지만 치명적 실수이기도 하다. 우리는 상이성을 서로 찾아 주고 그 상이성에 감탄하고 그 다름에 경이로워할 수 있어야 한다.

'나' 답게 사는 일

쉰 살을 넘어서면서 인생은 어딘지 어수룩하고 고즈넉한 쉴 곳을 찾고 있었다. 넋 놓고 바라볼 곳도 그리워졌고, 자연이 못 견디게 예뻐졌고, 젊은이들이 귀여워졌다. 나는 서서히 사람들이 그리워졌다.

회사를 나와 1인 기업을 만들어 운영하는 동안 조직에서 벗어나 홀로 천천히 느린 내 발걸음에 맞추어 살아가는 일은 매력적이었다. 조직이란 여러 가지로 내겐 잘 어울리지 않았다. 나는 자의식이 강한 사람이고 스스로 자신을 돌아보는 눈이 예민한 사람이다. '조직 속의 나'와 자유인으로서 '내가 나를 보는 나' 사이의 불일치를 잘 견디지 못하는 사람이다. 그 간격이 크면 쉽게 감정적 소진이 일어나는 사람이라, 가능하면 나는 나로 살아야 편안하다.

중국의 전국시대를 끝내고 유방이 한나라를 세우는 데 최고의 공신이 된 한신이 언젠가 이런 말을 한 적이 있다.

"남의 수레를 타는 자는 그 우환을 제 몸에 지고, 남의 옷을 입는 자는 그 근심을 제 가슴에 품고, 남의 것을 먹는 자는 그의 일을 위해 죽는다."

만일 그러지 못하면 은혜를 입고도 그 빛을 갚지 못하는 사람이 된다는 말이다. 조직 속에 있으면 그 속에서 밥을 먹고 옷을 입는 셈이다. 조직 속에서 자신에게 맡겨진 일을 하며 살아야 하기 때문에 한 개인으로서 자신의 인생을 살기는 어렵다. 그래서 그런지 나는 나대로 편히 마음껏 살지 못하는 것이 늘 불편했었다.

2000년 새로운 세기가 시작하자 나는 홀로서기를 시도했다. 마흔여섯의 나이니 젊다고 할 수 없었다. 나는 운이 좋았고 늦게나마 내가 살고 싶었던 인생을 즐기게 되었다. 쉰 살이 넘자 홀로 떨어져 지내는 외로움이 느껴졌다. 혼자만 잘살면 뭐하나 하는 생각도 들었다. 그때 마침 여러 젊은이들이 내게 길을 물었다. 대부분 책을 통해 나를 알게 된 독자들이었다.

쉰 살이 넘어 나는 두 가지 프로그램을 시작하였다. 다양한 개인이 가장 자기답게 세상을 살 수 있도록 돕고 싶었다. 그들이 획일성의 덫에서 벗어날 수 있기를, 다른 사람들의 기대에 부응하는 삶이 아니라 자신이 원하는 삶을 살 수 있기를, 그리하여 다양한 차이가 서로를 빛내 주는 어울림으로 전환되기를 바랐다.

그 첫 번째 작업에 '내 꿈의 첫 페이지'라는 이름을 붙여 두었다. 의도는 명확했다. '하고 싶고 잘할 수 있는 일에 인생을 걸기를 원하는 사람들'이 자신의 내면을 뒤지는 작업을 도와주는 프로그램이다. 우리는 함께 자신의 기질과 재능, 경험을 연결하여 '나만의 직업'을 만들어 내기 위해 2박 3일 동안 여행을 함께하곤 했다. 사람들은 전국 각지에서 한 사람씩 모여들었다. 3년 동안 모두 예순 명가량이 모였다.

그들은 아직 어느 누구도 유명한 사람이 아니다. 오히려 평범하다 못해 스스로 시시한 사람들이라 여기며 고민하는 사람들이다.

그러나 언젠가 그들은 자신이 가지고 있는 것들을 표현해 낼 수 있는 길을 찾아낼 것이다. 나는 이들을 '창조적 부적응자'라고 불렀다. 자기네들끼리는 '꿈벗'이라고 부르며 가깝게 지내고 있다.

또 하나, 아주 작은 개인대학을 시작했다. 이제 세 돌을 맞아 세 번째 신입생을 받게 되었다. 신입생은 언제나 열 명 남짓. 내 홈페이지는 지금 봄꽃과 함께 그들의 향기로 가득하다. 그것은 여러 색깔과 모양으로 어우러진 빛나는 꽃밭 같다. '지금의 자신에게 분노하고, 자신과 세상을 조금이라도 바꿀 수 있기를 바라는 사람들, 그리하여 삶을 한번 새롭게 시작하고 싶은 사람들'은 학벌과 나이, 성별과 직업에 관계없이 응모하라고 말해 두었다. 멋모르고 가르침을 위한 시작을 한 셈이다.

처음에는 '무엇'을 가르칠 것인가에 치중했다. '무엇을 가르칠 것인가…?'

나는 '무엇'을 가르치지 않을 것이다. 나는 그들이 자신의 관심사와 내면을 발견하기를 원할 뿐이다. 내면의 요구와 관심을 알게 되면 결국 그들은 자신을 위한 가장 이로운 일을 하게 될 것이고, 자기 한 몸만큼 세상을 위해 아름다운 한 사람이 될 것이다. 그리하여 때가 되면 결국 자신의 빛깔로 아름다운 꽃이 되어 피게 될 것이다.

다시 시간이 조금 흐르면서 '어떻게' 가르칠 것인가에 대해 대답해 보려 했다.

서로 배우게 할 생각이다. 이 사람들끼리 서로 '스승과 친구'가 되어 먼 길을 가게 하는 것이 최상이라는 것을 깨닫게 되었다. 우리는 '다른 사람과의 경쟁'이라는 단어를 쓰지 않는다. '어제의 나와의 경쟁', 이것이 가장 훌륭한 배움의 방법이며, 서로 격려하고 마음을 써줄 수 있는 배경이라고 믿게 되었다. 그들은 함께 수련하고 수양하는 파트너이며 서로의 선생이다.

요즘 들어서는 '누가' 가르칠 것인가라는 질문 앞에 놓여 있다.

느닷없는 질문으로 생각될지 모른다. 그러나 이 질문은 대단히 중요한 질문이라는 것을 깨닫게 되었다. 내게 스승이 한 분 계셨다. 나는 그분에게서 역사학을 배웠다. 물론 다른 선생님에게서도 충분히 배울 수 있는 것이었지만 나를 감동시킨 것은 그분의 삶에 대한 자세와 내면의 풍광이었다. 선생이 누구인가는 교육의 가장 핵심적인 대목이다. '교육의 기술은 진짜 선생님이 나타날 때까지만 유효한 것'이다.

좋은 선생이란 어떤 사람일까? 기본적으로 자신의 분야에 깊은 '지식'을 가지고 있는 전문가여야 한다. 지식을 가지고 있는 사람은 '무엇'을 가르쳐야 할지 저절로 안다. 그러나 지식만 있다 하여 다 전달할 수 있는 건 아니다. 좋은 선생은 학생과 반드시 '정서적'으로 '연결'되어 있어야 한다. 감정적 절연 상태에서는 지식이 스며들게 할 수 없다. 지식이 정신의 일부가 되어 체화되고 운용되게 하기 어렵다는 뜻이다. 서로 좋아하여 찾게 되면 훌륭한 관계라고 할 수 있다. '연결'이 가장 좋은 교수법이다. 지식이 있고 정서적으로 학생과 연결되어 있는 선생은 좋은 선생이다.

좋은 선생과 훌륭한 선생 사이에는 높은 산이 하나 있다. 훌륭한 선생은 학생들에게 영감을 줄 수 있어야 한다. 지극히 힘든 일이다. 왜냐하면 가장 훌륭한 영감의 근원은 선생의 삶 자체이기 때문이다. 나는 이 사실을 나중에 알게 되었다. 그래서 종종 아무것도 모르고 너무 쉽게 가르치는 일을 시작했음을 후회하기도 한다. 그러나 나는 그런 스승을 가지고 있었기 때문에, 갈림길에서 늘 스승에게 길을 물어 내면의 빛을 충당해 왔기 때문에 그만둘 수가 없다. 나이가 들어 커다란 짐을 지고 있다는 것이 즐겁기도 하고 고되기도 하다.

'다름＝틀림'의 견고함

젊은이들과 함께 배우고 즐기는 동안 몇 가지 사실을 알아가게 되었다. 그들은 자유로워지기를 바라는 젊은이들이었지만 그들의 일상 도처에는 넘어서는 안 되는 굵고 검은 선이 가로 쳐져 있었다. 이 '굵고 검은 선'은 원래 우리를 양육해 온 문화가 우리를 그 사회에 순응하는 사람으로 규제하기 위해 쳐 둔 것이었다. 처음에는 희미했던 이 선은 살아가면서 자발적으로 강화되어 점점 굵고 선명한 규제의 마지노선이 되어 간다. 정신의 무한한 공간 중 익숙한 일부만을 허용하면서 그 선 너머의 생각과 행동에 대해서는 폐쇄적이고 배타적으로 반응하게 만든다.

한국 사회는 많은 21세기적 강점을 가지고 있지만 허용 한도가 좁고 폐쇄적이라는 약점이 있다. 그것은 한국 현대사가 고약한 길을 걸어왔기 때문이기도 하다. 식민지 경험, 그리고 해방 후 오랫동안 지속되어 온 독재정권은 다양성과 자유의 수준을 엄격히 제한했다. 허용된 범위를 벗어나는 사람들은 모두 '감시와 처벌'의 대상이었고 곤욕을 치렀다. 결국 일정 범위 안에서의 생각과 행동만이 허용됨으로써 오랫동안 우리는 사회가 허용하는 한정된 질서 속에서 생활해 왔다. 이런 폐쇄성은 거의 모든 일상을 지배했다. 경직된 교육은 아직도 똑같은 국화빵을 찍어 내는 작업을 계속함으로써 창의성과 상상력이 결핍된 21세기적 실업자를 대량 생산해 내고 있다.

20세기의 대부분을 몸으로 살았던 역사학자 에릭 홉스봄은 자신의 자서전 《미완의 시대》에서 다음과 같이 말한다.

내 또래의 지식인들에게는 두 개의 조국이 있었다. 하나는 자기가 태어난 나라이며, 다른 하나는 프랑스였다. 마찬가지로 20세기에 서양에서 살아가는 모든 사람, 아니 세계 어디든 도시에서 살아가는 모든 사람에게는 정신적으로 자기가 태어난 나라와 미국이라는 두 개의 조국이 있었다. … 미국은 굳이 발견될 필요가 없었다. 미국은 우리 존재의 일부로 자리 잡았다. … 예나 지금이나 하느님은 그렇게 멀 수가 없었고, 미국의 입김은 그렇게 강할 수가 없었다.

19세기 파리는 유럽의 수도였고, 20세기 뉴욕은 세계의 수도가 되었다. 이 두 나라 두 도시의 힘은 어디서 왔을까? 19세기 프랑스는 그림과 조각, 빛나는 전통을 자랑하는 프랑스 소설을 제외하면 '세계 최고'라고 말할 수 없었다. 프랑스라면 사족을 못 쓰는 사람들도 셰익스피어나 괴테, 단테 그리고 푸슈킨보다 프랑스 작가가 더 훌륭하다고 말하지는 않는다. 가장 독창적인 프랑스 음악도 비엔나의 음악을 따라갈 수 없었고, 프랑스 철학은 독일 철학보다 분명히 한 수 아래였다. 그러나 영국과 미국, 그리고 세계의 젊은이들이 그때 파리의 허름한 호텔로 꾸역꾸역 몰려들기 시작했던 이유는 무엇이었을까?

홉스봄은 그 이유를 이렇게 설명한다. 프랑스에는 중요한 자산이 있었다. 그것은 원하는 외국인 누구에게나 자신의 문명을 선사해 줄 마음이 있었다는 것이다. 누구도 무솔리니와 히틀러가 장악한 이탈리아와 독일에 가고 싶어 하지 않았고, 영국에 대해서는 섬나라의 편협성을 느꼈다. 혁명 이후 프랑스는 가장 폐쇄적인 궁정문화를 민주화시켰고, 사람들은 확장된 귀족문화를 즐겼다. 가장 국수주의적이었던 이 나라는 자유, 평등, 박애라는 원칙을 수호하면서 모든 사람에게 나라의 문을 활짝 열었다. 19세기 프랑스는 유럽에서 가장 많은 이민자를 받아들인 나라였다. 파리는 국제문화의 중심지였고, 누구나 한 번은 살아 보고 싶은 도시였고, 살아 보았다고 자랑하고픈 선망의 도시가 되었다.

2차 세계대전 후 뉴욕의 힘과 미국의 힘을 만들어 낸 것은, 미국인들의 힘이 아니라 미국을 선호하여 찾아온 세계인들의 힘이다. 미국 자체가 그렇게 여럿이 모여 만들어진 나라다. 이미 실리콘밸리에서 일하는 사람들의 3분의 1은 미국인들이 아니다. 가장 다이내믹하고 창의적인 세계인들에 의해 미국의 국부가 채워지고 있는 것이다.

개인은 자신이 속한 문화권이 어디냐에 따라 그 정신과 생각의 틀이 영향을 받게 마련이다. 모리스 메를로퐁티는 "내가 누리고 있는 언어, 내가 쓰는 몸짓, 내가 내세우는 능력, 기능, 재치 모두 사회적 유산에 의해 길러진 것이며 심지어 꿈조차 내가 만들지 않은 세계에 뿌리내리고 있다"고 말한다.

사람이 커 가면서 다양한 배움을 계속하지 못하면 일단 형성된 소아병적인 좁은 세계가 스스로 사고의 벽을 강화하면서 다름과 새로움에 배타적이게 만들어 놓는다. 새로운 사상에 낯설어 하고, 편견에 싸이고, 개방에 인색하고, 자유를 그리워하지만 또한 두려워하게 한다. 그건 나도 마찬가지였다. 20년 동안 직장생활을 했던 사람이기 때문에 조직 인간의 요소들이 마음의 기저에 깔려 있었다.

그 후 10년 간 작가로서 생활해 오는 동안 나는 훨씬 많이 열리게 되었다. 나중에서야 다양성을 받아들인다는 것이 쉬운 일이 아님을 알게 되었다. 다름을 받아들이는 것은 자신과의 끊임없는 싸움

이기도 했다. 이미 스스로를 규정해 버린 사람은 다름에 대해 완고
하다. 다름을 '틀림'으로 인식함으로써 배타적이고 교조적으로 변
하게 마련이다.

실제로 나는 작은 개인대학을 이끌어 오면서 다름의 인식과 수용
이 쉽지 않은 것임을 깨닫게 되었다. 지난해 뽑은 연구원 중에 마흔
살 중반의 여인이 하나 있다. 지나온 삶이 평탄하지만은 않아 아이
셋을 낳은 후 남편과 헤어졌다. 그러고 10년이 흘렀다. 어두운 결
혼 생활, 이후 홀로 지낸 10년 동안 그녀는 많은 마음의 상처를 안
고 살았던 것 같다. 그러나 그녀는 본디 천성이 매우 밝고 씩씩했다.
그래서 그런지 연구원 생활을 시작하면서 과거의 어둠을 쏟아 내고
싶어 했다. 천성적 밝음으로 15년의 어둠에 구석구석 빛을 밝혀 주
고 싶었던 모양이다. 그 밝음이 종종 사람들을 당황하게 했다.

그녀가 쓰는 글은 일기 같았다. 종종 내밀한 내용이 여과 없이 실
리기도 했다. 그녀는 쏟아 붓듯 자신을 토해 내고 있었다. 그러다가
느닷없이 만인이 보는 내 홈페이지에 더욱 특이한 글 하나를 올려
놓게 되었다. 매우 그녀다운 글이라고 스스로 평가하지만 보는 사
람에 따라 그냥 지나치기 어려울 수도 있었다. 일부만 여기 올려 본
다. 그 글의 성격이 어떠한지 나누어 보자.

구본형은 미친 여자다. 인간이라면 누구를 막론하고 요염한 치마
를 들어 올려 도발적 섹스를 하려 든다. 그녀에게는 날마다 새로이 끓

임없는 열정과 욕구가 샘솟는다.

구본형은 궁둥살이 빽빽하고 탐스런 발칙한 미시다. 그녀는 정신없이 엉덩이를 씰룩대며 사람들을 유혹하고 그녀의 튼튼한 자궁은 최소한 5천 만의 꿈을 생산하고 기르려 든다.

구본형은 투박한 푼수 줌마다. 게으르거나, 한심하거나, 헤매거나, 야망이 있거나, 꿈을 찾거나, 시대를 사랑하거나 하는 세상의 참을 수 없는 부적응자들에게 우선 그들의 허기진 배와 가슴을 먼저 녹이고 귀 기울여 다독이며 손수 밥 짓는 법을 가르친다.

과장되었기에 민망함이 없지 않으나 나는 그저 재미있는 표현이라 여겼다. 그런데 이 글이 몇 사람의 선배 연구원들을 화나게 한 모양이다. 공식 홈페이지의 성격에 적합하지 않을 뿐 아니라, 절제되지 못한 글이고, 선생에게 예의를 잃은 글이라 생각했던 모양이다. 아마 이 글로 인해—더 정확하게는 수시로 이와 비슷한 폭포수처럼 절제 되지 않은 글들이 마구 쏟아져 나옴에 대해—그녀에게 충고와 조언을 했던 것 같다. 그게 그녀에게는 마음에 들지 않았던 모양이다.

어느 날 그녀는 또 폭포처럼 홈페이지에 대자보를 붙이기 시작했다. 자신이 왜 연구원에 지원하게 되었는지, 그리고 자신이 왜 이렇게 속을 뒤집어 토해 내듯 글을 쓰는지, 자유롭게 말할 수 없음에 대하여, 조언이라는 이름의 강요와 통제에 대하여 긴 소회의 글이

붙었다. 어떤 의미에서 작은 필화 사건이 하나 생긴 셈이다. 그 글이 절절하여 내가 답글을 달아 두었다.

내가 너 사고 칠 줄 알았다. 그래서 너를 연구원으로 뽑은 것이다. 사람은 바뀌지 않는 것이고 다만 생긴 대로 살게 되어 있다. 그게 잘 사는 것이다. 고동안 마음대로 살지 못해서 모두 여기에 모인 것 아니냐. 나는 그대 때문에 매일 웃는데, 그대는 힘들었던 모양이구나. 내가 그대를 좋아하는데, 그대는 그것을 아는지 몰라. 언젠가 창자를 뒤집어 내듯 다 쏟고 나면, 남해 푸른 바닷물로 속을 채울 수 있을 것이다. 걱정 마라. 너의 바다가 가장 빛나는 바다 중의 하나가 될 것이다.

이 정도에서 끝날까 했더니, 그렇지 못했다. 가만히 보고 있던 어떤 구경꾼 하나가 또 뒤늦게 끼어들었다. 그리고 다시 불길을 지피기 시작했다. 절제하지 못함에 대하여, 일기장을 거르지 않고 마구 올려 두는 듯한 경솔함에 대하여, 그 속에 등장하는 다른 사람에게 상처를 주게 된다는 점을 공격히였다. 그녀와 그 구경꾼 사이에 다시 싸움이 시작되었고 그 다음부터는 감정의 폭언들이 하늘 가득히 날아다니는 돌멩이처럼 적을 향해 투척되었다.

나는 이 작은 투석전을 지켜보며 싸움은 곧 그칠 것이고, 서로 사과하게 될 것이라고 생각했다. 며칠 지나 감정의 투석전이 막을 내리고 두 사람은 서로 사과하게 되었다. 마흔 살 중반의 여인은 "미안합니다. 자숙하겠습니다"라는 메모를 남겼다.

아직도 꽤 유명한 이 필화 사건은 내 홈페이지의 어딘가에 그대로 기록된 채 남아 있다. 겉으로 보기에는 평화롭게 해결된 것 같지만, 내가 보기에 이 일의 해결이란 것은 그저 갈등을 겉으로 덮어 둔 것에 지나지 않는 것 같다. 서로에게 감정의 찌꺼기를 남기고 서로에게 서로를 제약하는 힘으로 남게 되었으리라 추측한다. 이 싸움에 직접 개입한 연구원 중 한 명은 "여전히 이 일에 관해서는 자신이 옳다고 생각한다"는 글을 내게 개인적으로 보내왔다. 결국 다름은 틀림으로 인식된 채 남게 되었다. 마음은 여전히 열리지 않고, 과거 인식의 틀은 더욱 공고해진 듯 보였다.

낯선 것을 향하여

에릭 에릭슨은 정체성이란 물처럼 흐르는 것이라고 말했지만, 사람들은 대부분 정체성을 이미 만들어져 형성된 딱딱한 것으로 받아들인다. 그리고 기존의 정체성 어딘가를 깨뜨릴 수 있는 다른 생각과 다른 세계는 적대적인 것으로 인식한다. 그러므로 편협된 사고의 틀 위에 축조된 가치를 고집하는 것은 배움의 최대 적이다.

다양성이라는 것은 좋은 말이다. 그것은 개방이며 열림이며 포용이며 어울림이다. 그러나 그것은 그냥 쉽게 찾아오지 않는다. 종종 다른 사람의 차이를 인정하는 것이 무원칙으로 오해되고, 진실의 외면이며, 예의와 정의의 상실로 받아들여진다. 마음속에 있는 감정은 이성화되고 상대를 공격하는 또 다른 논리로 전환되면서 다름은 적으로 간주되는 폐쇄성으로 진행된다. 사람은 어쩌면 '합리적인 동물이 아니라 합리화하는 동물'이라는 주장이 그럴 듯해 보이는 이유이기도 하다.

홈페이지를 만들 때 나는 다음과 같은 생각을 가지고 있었다.

이곳은 간이역 같은 곳이다. 자기라는 고향을 떠났던 사람들이 되돌아오는 곳이다. 때로는 상처를 안고 돌아오고, 때로는 삶의 한순간을 특별함으로 채우고 싶은 호기심으로 찾아든다.

이곳은 시간이 천천히 흐르는 곳이다. 쉬고 싶은 사람들이 잠시 머무는 곳이다. 그러니까 품새가 아늑한 주막 같은 곳이다. 홀로 와 구석자리에서 눈물과 함께 술을 마시거나 때로는 마음에 맞는 친구들과 빛나는 수다를 떠는 곳이기도 하다. 때때로 울어 털어놓고, 때때로 다시 삶의 흥분과 육체의 기쁨으로 들떠 쪽문을 열고 나서는 곳이다.

나는 그저 삶이 진득하게 지나가는 공간 하나를 만들고 싶다. 그리하여 이 세상이 좋은 곳이며, 살 만한 곳이며, 그래서 나도 잘살아 보아야겠다고 결심하는 곳, 내 삶이 더 아름다운 세상을 만드는 또 하나의 촛불이기를 바라는 사람들이 찾아오는 곳이기를 바란다.

나는 간이역 주변의 풍광 좋은 곳, 그윽한 주막집 주인이다. 혹은 바다, 구름, 바람이 지나는 것을 창문을 열고 바라볼 수 있는 수평선 아득한 카페의 손님 같은 주인이다.

'간이역 주막'이라는 상징성을 통해 일상을 떠나온 다양한 사람들이 일상적 생각과 행동을 버리고 여행의 자유로움을 만끽하기를 바랐다. 자신의 내면과 만나는 특별한 자기 찾기 여정이기를 바랐던 것이다.

술을 마시다 보면 종종 사람들 사이에 목소리가 커지고 과거의 슬픔에 겨운 통곡도 있을 수 있다. 그래서 어깨를 껴안고 함께 울어주는 따뜻한 광경이 낯설지 않은 곳이 되길 바란다. 우리 내면의 폐쇄성을 깨고 다른 이들의 가슴속에서 생겨난 은밀한 꿈을 지지하고 후원하는 장소가 되기를 바란다. 실제로 이곳은 다른 현실적 장소보다 훨씬 더 자유를 갈망하고 과거를 버릴 준비가 된 사람들이 찾아 드는 장소다.

내가 성공이라고 받아들이는 유일한 기준은 '자기답게 사는 것'이다. 하고 싶은 일을 하면서 그곳에 자신이 가진 모든 능력을 쏟아붓다가 때가 되면 육체가 가진 모든 것을 소진하고 왔던 곳으로 돌아갈 수 있다면 그보다 큰 성공은 없는 것이다.

우리가 같아질 필요가 있을까? 이미 인류는 생물학적인 유사성으로 똘똘 뭉쳐 있다. 거기에 문화적 동질성까지 공유하다 보면 한국인들은 또 그 속에서 더 비슷한 유사성으로 고착된다. 우리에게 남은 이질성과 차별성은 이미 별로 자유로운 공간을 남겨 두지 않는다. 따라서 한 개체가 가지고 있는 상이성을 견디지 못하고 배척하는 것은 매우 자연스러운 일이기는 하지만 치명적 실수이기도 하다. 우리는 상이성을 서로 찾아 주고 그 상이성에 감탄하고 그 다름에 경이로워할 수 있어야 한다.

다양한 것들의 조화란 그저 얻어지는 것이 아니다. 그것은 다른 것을 수용할 수 있는 관용을 필요로 한다. 관용은 열려 있는 상태이며, 문을 열고 자신의 에고 속으로 외부의 경이로운 세상을 받아들이는 자세를 의미한다. 동시에 자신의 내면 풍광을 세상에 쏟아 냄으로써 다채로운 이 세계의 한 부분을 만들어 내는 것이다. 릴케의 표현대로 내면은 '광대무변한 하늘이며, 새들이 힘차게 솟구치고, 귀향의 바람風으로 출렁이는 저 높고 그윽한 하늘'인 것이다.

사람은 나서부터 죽는 날까지 외부 세계에 마음을 열어 놓아야 한다. 이것이 배움이다. 배울 때는 마음을 완전 무장해제할 수 있어야 하다. 두려워해서는 안 된다. 낯선 것들이 몰려 든다고 해서 마음이 무너지는 것이 아니다.

배움은 우리를 현명하게 만들고, 현명함은 무엇을 받아들이고 무엇을 뱉어 내야 하는지를 알게 해 준다. 다양한 세상, 그것은 여러 색으로 어울려 활짝 핀 아름다움이다. 봄이 아름다운 이유는 여러 꽃들이 어울려 흐드러지게 피기 때문이다. 자신의 꽃을 피워라. 그리고 다른 꽃들과 함께 그 아름다움을 자랑하라.

전봉관

사변적이고 이데올로기적인 인문학을 넘어 사람 냄새 나는 인문학을 찾기 위해 문화 현상과 사건, 인물에 관심을 갖고 있다. 인문학적으로 의미 있는 다양한 문화 현상을 연구하고 있으며, 전공인 문학뿐만 아니라 살인 사건, 스캔들, 사기·협잡, 투기, 가정 문제 등을 문화사적으로 조망한 글을 발표하고 있다. 현재 한국과학기술원(KAIST) 인문사회과학부 교수로 재직하고 있다. 1930년대 한국의 금광 열풍을 다룬 《황금광 시대》, 근대 조선의 살인 사건과 스캔들을 통해 식민의 아픔과 근대의 혼돈을 그려낸 《경성기담》, 《럭키경성》 등을 펴냈다.

완바오산 사건 직후 조선에선

조선·중국·일본이 얽힌 중국인 배척 폭동의 교훈

중국인 배척 폭동에는 분명 '보이지 않는 손'이 작용했다. 일본 경찰은 '일본 국민'인 조선인 보호를 구실로 중국 농민들에게 총격을 가했고, 창춘 주재 일본영사관은 김이삼 특파원에게 거짓 정보를 제공했으며, 평양에서 최악의 폭동이 발생한 날 밤 경찰은 흔적도 보이지 않았다. 역사학자들은 곧잘 중국인 배척 폭동이 조선인과 중국인을 이간질하려는 일본의 교묘한 음모 때문에 발생한 불상사였다고 설명하지만, 설령 일본인의 음모가 작용했다 하더라도 조선인이 백여 명의 무고한 중국인들을 살해한 책임을 면할 수는 없다.

1931년 7월 5일, 뜨거운 여름 햇살은 오후 8시가 지나서야 자취를 감췄다. 평양 시내는 일요일 저녁 치고는 이상하리만치 북적였다. 사람들은 삼삼오오 모여 잔뜩 화난 표정으로 핏대를 세워 열변을 토했다. 날이 어두워지자 시내 중심가에 위치한 중국집 '동승루' 앞에 십여 명의 소년이 모여 야유를 퍼붓다가 일제히 돌을 던졌다. 조그만 돌멩이들은 유리창을 뚫지 못하고 맥없이 바닥에 떨어졌다. 그 광경을 보고 장정 60여 명이 몰려왔다. 장정들은 소년들을 밀치고 앞으로 나갔다. 이번엔 주먹만 한 돌덩이들이 '동승루'를 강타했다. 출입문과 유리창은 산산이 부서졌다.

"복수하자!"

"이대로 당하고만 살 수 없다!"

유리창 깨지는 소리와 함성을 듣고, 여기저기서 사람들이 몰려들었다. 순식간에 수천 명으로 불어난 성난 군중은 돌과 각목을 들고 '동승루' 안으로 밀려들어가 가구와 집기를 닥치는 대로 때려 부쉈다. 허름한 목조건물에 수백 명의 군중이 한꺼번에 들이닥치자 기둥이 흔들리고, 마룻바닥이 갈라졌다.

"집주인은 조선인이다. 집은 부수지 말자!"

선두에 선 장정이 외치자 군중은 썰물처럼 '동승루'를 빠져나왔다. 그들이 휩쓸고 지나간 '동승루'에 성한 물건이라곤 이층 한 귀퉁이에 걸린 전화 한 대뿐이었다. 군중은 여세를 몰아 대동강변 중국집과 중국요정을 모조리 파괴하고 대동문통 대로로 몰려나왔다.

중국인 대학살

대동문통 대로를 따라 남쪽으로 가면 중국인이 경영하는 포목점과 잡화점이 밀집된 서문통이 나왔다. 군중은 이삼백 명씩 떼를 지어 중국인 상점으로 몰려가 돌을 던졌다. 몇몇은 전봇대만 한 통나무를 둘러메고 '영치기' 소리에 장단을 맞춰 굳게 닫힌 문을 부쉈다. 기관총을 난사하듯 수백 군중이 일제히 돌을 던지자 제아무리 튼튼한 문이라도 몇 분을 버티지 못하고 죄다 박살났다.

문이 열리자 수십 명의 장정들이 상점 안으로 뛰어들어 불난 집에서 물건을 집어내듯 닥치는 대로 상품과 집기를 길 밖으로 내던

1931년 7월 5일 중국인 배척 폭동으로 폐허가 된 평양 중국인 거리

졌다. 군중은 함성을 지르며 길 밖으로 내팽개쳐진 상품을 밟고, 찢고, 뜯었다. 횃불을 든 사내들은 깡그리 파괴된 중국인 상점에 불을 놓았다.

어느덧 군중 수가 만 명을 훌쩍 넘어섰다. 남문정에서 종로통까지 평양 시내 전역을 성난 군중이 점령했다. 시내 교통은 완전히 마비됐고, 인파에 치여 걸어다니기조차 어려울 지경이었다. 길 위에는 주단, 포목, 잡화 등 찢어지고 깨진 물건들이 산더미처럼 쌓여 갔고, 중국인들은 성난 군중들을 피해 도망 다니며 흐느껴 울었다.

밤 11시, 폭동이 시작된 지 3시간이 흘렀다. 평양 시내 웬만한 중국인 상점과 가옥은 거의 파괴당했다. 더 이상 파괴할 것이 없어 중국인을 향한 폭력도 끝나는 듯했다. 그때 군중 사이에 유언비어가 퍼지기 시작했다.

"중국인 목욕탕 '영후탕'에서 목욕하던 조선인 네 명이 칼에 맞아 죽었다!"

"시외 대치령리에서 조선인 서른 명이 중국인에게 몰살당했다!"

"서성리에서 중국인이 작당해 무기를 들고 조선인을 살해하며 시내로 진군하고 있다!"

"만주 창춘에서 동포 예순 명이 학살되었다!"

세 시간 동안 파괴와 약탈의 희열을 맛본 군중에겐 유언비어를 가려낼 분별력이 남아 있지 않았다. 아니, 그들은 마음속 깊은 곳에서 그 말이 사실이기를 바랐다. 유언비어는 입에서 입으로 전해질 때마다 한껏 부풀려졌다.

"중국인의 씨를 말리자!"

누군가가 외치자, 군중은 일순간 피에 주린 이리 떼로 돌변했다. 피가 흥건히 묻은 곤봉을 든 장정 예닐곱 명을 앞세우고 이삼백 명씩 무리를 지어 토끼몰이 하듯 중국인을 찾아 헤맸다. 잿더미가 된 가게와 집을 정리하던 중국인들은 허겁지겁 피난길에 올랐다.

"저기 중국인이다!"

중국인이 발견되면 수백 명이 함성을 지르며 쫓아가 기어이 때려 눕혔다. 군중에게 발각된 중국인들은 채 10분이 못 돼 피투성이 시체가 돼 길가에 널브러졌다. 공포에 질린 표정으로 안면이 굳어 버린 노인의 시체, 고사리 같은 두 주먹을 예쁘장하게 쥐고 두 눈을 뜬 채 땅바닥에 엎어진 영아의 시체, 젖먹이를 품에 안고 맞아죽은 여인의 시체, 온몸에 피멍이 든 임신부의 시체…. 거리에는 중국인들의 시체가 차곡차곡 쌓여 갔다. 평양 시내가 무정부 상태에 빠진 그날 밤, 경찰은 그림자도 보이지 않았다.

날이 밝자 간밤의 참상이 숨김없이 드러났다. 길 위에는 부서진 상품과 가구가 산적해 보행조차 곤란했고, 전깃줄에 걸린 찢어진 이불이 새벽바람에 흩날렸다. 평양 시내는 하룻밤 사이에 폐허로 전락했다. 온 도시가 쓰레기더미와 시체로 뒤덮였다. 서성리에 사는 중국인 조성암의 집에서만 한꺼번에 10구의 시체가 발견되었다.

밤새 눈을 씻고 찾아봐도 보이지 않던 경찰은 폭동의 기세가 한

풀 꺾인 아침에야 중무장을 하고 출동했다. 뒤늦게 나타난 경찰은 밤새 공포에 떨었던 중국인들을 호위해 중국영사관으로 대피시켰다. 약탈과 살인은 경찰이 출동한 이후에도 멈추지 않았다. 피난 가던 중국인 한 명이 대낮에 몰매를 맞고 살해되었고, 지하실에 숨어 있던 중국인 아홉 명이 갑자기 들이닥친 군중들의 손에 몰살되었다.

그날 오후에는 천여 명의 군중이 흰색 깃발을 휘날리며 기림리 중국인 피신처를 습격했다. 30여 명의 장정을 태운 트럭 한 대가 군중 사이를 오가며 폭동을 선동했다. 경찰은 중국인 보호를 명분으로 시위대에 발포했고, 조선인 한 명이 총에 맞아 사망하고, 두 명은 중상을 입었다.

중국인 배척 폭동 진압을 위해 긴급 출동한 일본 경찰

날이 저물자 폭동은 평양 시외와 진남포까지 번졌다. 중국인 상점과 가옥은 모조리 불탔고, 곳곳에서 폭행과 살육이 자행되었다. 불타는 중국인 상점과 가옥 덕분에 그날 밤 평양 하늘은 유난히 밝았다.

총독부는 이틀 동안의 폭동으로 평양에서만 중국인 119명이 사망하고, 163명이 부상당하고, 63명이 실종되었으며, 방화 49건, 가옥 파괴 289건, 재산 손실 250만 원이 발생했다고 발표했다. 하지만 중국국민당 정부의 조사 결과는 사망자 133명, 부상자 289명, 실종자 72명 등으로 피해 규모가 훨씬 컸다. 뒤늦게 폭동 주동자 색출에 나선 경찰은 1,200여 명의 조선인을 검거하는 기염을 토했다.

사상 최악의 오보

평양 중국인 배척 폭동은 사흘 전인 1931년 7월 2일 한밤중에 간행된 〈조선일보〉의 호외에서 촉발되었다.

"산싱바오三姓堡 동포 수난 갈수록 심해져. 200여 동포 또다시 피습. 완공된 수로를 전부 파괴. 중국 농민 우리 동포를 대거 폭행. (창춘 김이삼 특파원 급전)"

만주 완바오산萬寶山 부근 산싱바오에서 조선 농민 200여 명이 석달 동안 피땀 흘려 닦은 수로를 중국 관민 400여 명이 모조리 파괴·매립했다는 어처구니없는 소식이었다. 호외는 이튿날 밤에도 이어졌다.

"중국 관민 800여 명과 200여 명 동포 충돌 부상. 대치한 중·일 관헌 한 시간여 교전. 중국 기마대 600여 명 출동. 급박한 동포 안위. (창춘 김이삼 특파원 급전)"

수로 파괴 이후 중국 관민 800여 명과 조선 농민 200여 명 사이에 충돌이 일어나 다수의 조선 농민이 '살상'되었고, 150미터 거리를 두고 대치하고 있던 일본 경찰과 중국 경찰 사이에 교전이 발생했다는 소식이었다. 호외에 적힌 대로라면, 야박한 중국인은 먹고살 길을 찾아 고향을 등지고 만주로 이주한 조선 농민의 생활 터전을 짓밟는 것으로도 모자라 목숨까지 빼앗은 셈이었다. 연이틀 한밤중에 간행된 호외는 조선인의 가슴에 불을 질렀다. 중국인에 대한 분노는 극에 달했다.

흥분한 사람들은 전보의 발신지가 '산싱바오'가 아니라 '창춘'인 것을 눈여겨 살필 겨를이 없었다. 〈조선일보〉 창춘 특파원 김이삼은 일본영사관에서 제공하는 정보를 사실 확인 질차조차 거치지 않고 서둘러 타전했고, 서울의 본사 편집국은 전보만 믿고 부랴부랴 호외를 간행했다. 너무 서둘러 간행한 나머지 '부상'이 '살상'으로 오기된 것조차 걸러내지 못했다.

우리 역사상 최악의 오보는 엉뚱한 곳으로 불똥이 튀었다. 첫 번째 호외가 간행된 지 몇 시간 지나지 않은 7월 3일 새벽 2시, 인천

일본 경찰의 호위 아래 피난 행렬에 오른 중국인들

율목리 중국인이 경영하는 호떡집 앞에 격분한 조선인들이 몰려들어 돌을 던졌다. 유리창이란 유리창은 모조리 깨졌고, 잠결에 놀라서 뛰쳐나온 중국인은 피투성이가 될 때까지 구타당했다. 성외리, 중정, 용강정 등 7곳에서 중국인 폭행 사건이 발생했다. 뒤늦게 출동한 경찰은 주동자 7명을 체포하는 데 만족했다.

날이 밝자 인천경찰서 토가와 서장은 인천 전역에 비상경계령을 내렸다. 비번인 순사까지 소집하는 한편 경기도 경찰부에서 40명의 순사를 지원받아 시내 곳곳에 비치했다. 중국인이 경영하는 상점의 영업을 중지시키고, 시내에 흩어져 사는 중국인들을 중국영사관으로 대피시켰다. 인천 시내는 전시를 방불케 했다. 하지만 날이 저물자 중국인 거류지로 또다시 성난 군중이 몰려들었다. 수천 군중은 철통같은 경찰의 경계선을 돌파하고 중국인 가옥과 요릿집들을 닥치는 대로 파괴했다.

인천에서 시작된 중국인 배척 폭동은 이튿날부터 전국으로 번졌다. 7월 3일 밤 11시, 서울 봉래정 중국집 '동문루'에 십여 명의 장정이 몰려가 돌을 던졌으나 이웃집인 '동북여관' 유리창 넉 장을 깨뜨리는 데 그쳤고, 같은 시간 30여 명의 장정들이 장기환의 호떡집에 돌을 던져 유리창 수십 장을 깨뜨렸다. 이후 태평통 유효서의 호떡집, 북미창정 중국집 '고빈루', 남미창정 서수승의 호떡집, 봉래정 중국집 '중화루', 무교정 중국집 '다옥점' 등에 차례로 돌이 날아들었다. 7월 3일 밤부터 4일 오전까지 서울에서만 55건의 폭행과 기물 파손 사건이 발생했고, 47명이 검거되었다. 7월 4일 밤 평양에서는 6건의 중국인 폭행 사건이 발생했고, 중국인 5명이 중상을 입었다.

〈조선일보〉 호외 이후 인천, 서울, 평양, 진남포, 부산, 전주, 대구, 개성, 사리원, 원산, 함흥, 흥남, 청주, 공주, 이리, 군산, 안주, 재령, 신의주, 의주, 선천, 수원, 춘천, 마산, 운산, 해주, 안변 등 전국에서 400여 회의 중국인 배척 폭동이 일어났다. 심지어 재일조선인들이 일본에 있는 중국인들을 폭행하는 사건까지 발생했다.

일주일 남짓 지속된 중국인 배척 폭동으로 중국국민당 정부 추산 142명의 중국인이 사망했고, 546명이 부상당했고, 91명이 실종되었다. 조선에 있던 7만여 명의 중국인 중 1만 7천여 명이 영사관에 피신했고, 재산 피해도 400만 원(현재 가치 4천억 원)에 달했다. 인명 피해의 대부분은 7월 5일 밤, 무정부 상태에 놓인 평양에서 발생했다.

완바오산 사건의 전말

산싱바오에서 조선 농민이 중국 관민의 손에 '살상'되었다는 것은 명백한 오보였지만, 조선인과 중국인의 충돌이 발생한 것은 사실이었다. 7월 1일, 중국 농민 400여 명은 실제로 조선 농민 200여 명이 석 달 동안 애써 파놓은 수로를 파괴했다. 하지만 7월 1일의 충돌은 중국 농민들만의 잘못은 아니었다. 조선 농민은 수로를 건설하기 전 합당한 법적인 절차를 밟지 않았고, 충돌 직후 일본 경찰은 기껏해야 삽이나 곡괭이를 든 중국 농민들을 향해 38발의 실탄을 발포했다. 조선, 중국, 일본 3국의 복잡·미묘한 이해관계가 충돌해 일어난 사건이 소위 '완바오산 사건'이었다.

한일강제합방 이후 조선인의 국적은 '대한제국'에서 '일본'으로 바뀌었다. 만주로 이주한 조선 농민의 국적 역시 일본이었다. 중국 정부는 외국인에게 토지 소유권을 인정하지 않았고, 이중국적 또한 허용하지 않았다. 만주로 이주한 조선인이 중국의 토지를 소유하려면 국적을 '일본'에서 '중국'으로 변경해야 했는데, 일본은 원칙적으로 조선인의 일본 국적 이탈을 허용하지 않았다. 중국 국적을 취득하지 못한 대다수의 조선인들은 중국 지주의 소작인이 되거나 토지

완바오산 사건의 발단이 된 수로

를 장기 임차해서 경작하는 수밖에 없었다.

1931년 4월, 완바오산 지역 산싱바오로 이주한 조선 농민 200여 넝은 중국인 허용더郝永德로부터 미개간지를 임차했다. 하지만 허용더 역시 그 땅의 지주가 아니라 임차인일 뿐이었다. 허용더가 지주와 맺은 임대차계약서 마지막 조항에는 "만일 지방정부에서 허가하지 않으면 계약은 무효가 된다"고 명시돼 있었지만, 허용더는 지방정부의 허가가 나기도 전에 임차한 땅을 조선 농민에게 재임대했다. 법적으로 허용더와 조선 농민이 맺은 계약은 무효였다.

미개간지를 임차한 직후, 조선 농민들은 벼농사를 짓기 위해 20

여 리 떨어진 이통허伊通河의 물을 끌어오는 수로 공사를 시작했다. 수로는 폭과 깊이가 각각 10미터, 길이가 8킬로미터에 달했다. 수로가 지나가는 땅도 사유지였지만, 조선 농민은 지주에게 아무런 양해도 구하지 않고 수로 공사를 단행했다.

중국 농민들은 당연히 반발했다. 남의 땅을 제멋대로 파헤쳐 수로를 놓는 것도 문제였지만, 멀쩡한 땅이 두 쪽으로 갈라지고, 댐을 쌓는 바람에 하천을 통한 뱃길이 막히고, 수로 부근 논밭이 상습 침수 지역이 되는 것이 더 큰 문제였다. 지방정부는 문제가 해결될 때까지 수로 공사를 중단할 것을 명령했지만, 조선 농민은 그대로 밀어붙였다.

창춘 주재 일본영사는 '일본 국민'인 조선인 보호를 구실로 기관총으로 무장한 일본 경찰 60여 명을 산싱바오로 파견했다. 조선 농민의 수로 공사는 엉뚱하게도 중국과 일본의 외교 문제로 비화되었다. 일본 경찰의 보호 아래 수로가 완성되자, 격분한 중국 농민 400여 명은 농기구를 들고 800미터가량의 수로를 막았다. 일본 경찰은 수로를 파괴하는 중국 농민에게 발포했지만, 다행히 사상자는 없었다. 7월 1일의 충돌 이후, 중국과 일본이 외교적으로 옥신각신했을 뿐 완바오산 일대에서 더 이상의 무력 충돌은 없었다. 하지만 일본영사관의 허위 정보와 〈조선일보〉의 오보 탓에 조선에 이주한 중국인만 억울하게 수난을 겪었다.

중국인 배척 폭동이 남긴 희비극

쿵 소리에 대소동

중국인 배척 폭동이 일어나자 인천 화교소학교에 수백 명의 중국인 노동자가 피난했다. 모두가 공포에 질려 숨을 죽이고 숨어 있는데 별안간 '쿵' 소리가 났다. 조금 후 피난민 사이에서 "조선인이 습격한다!"는 비명이 울려 퍼졌다. 서로 부둥켜안고 흐느껴 우는 사람, 유리창을 깨뜨리고 도망가는 사람, 최후의 일전을 벌이려는 비장한 각오로 책상을 부숴 각목을 한 쪽씩 들고 현관을 나서는 사람…. 피난민 수용소 안은 일대 소동이 벌어졌다. 하지만 서로 밀고 밀치며 건물을 빠져나오니 조선 사람은 그림자도 보이지 않았다. 알고 보니 피난민을 보호하려고 경계를 서고 있던 사람이 피로가 쌓여 졸다가 앉아 있던 책상에서 떨어지는 바람에 '쿵' 소리가 난 것이었다. 소동이 일단락되었을 때, 교실 안의 책상과 걸상은 모조리 부서져 있었다.

가짜 일본인 증가

평양에서 중국인 배척 폭동이 일어난 직후 일본인이 경영하는 '마루텐丸天 시계점'은 '중국인 3인 해고'란 광고를 대문짝만 하게 써 붙여 한동안 사람들의 입방아에 오르내렸다. 인천의 중국집 '일화루日華樓'는 '이 집 주인은 일본인이오' 하고 큼지막하게 써 붙였다. '일화루' 주인이 일본인인지 중국인인지는 알 도리가 없었지만, 중국집 이름이 '중화루中華樓'가 아닌 것만으로도 '일화루'는 폭동의 피해를 입지 않았다.

서울 서소문정에 사는 중국인들은 폭동 기간 동안 조선옷으로 변장을 하고 다녔는데, 조선옷을 사러 가는 것도 위험하다고 느낀 사람들은 일본 옷을 사다 입었다. 하지만 '게다(일본 나막신)'가 발에 맞지 않아 기우뚱거리며 걸어서 멀리서도 한눈에 가짜 일본인임을 알아차릴 수 있었다. 가짜 일본인들이 폭도들에게 발각되면 더 심하게 구타당했다.

피난 중에 태어난 쌍둥이

7월 5일 오후 7시, 서울 중국영사관에는 4천여 명의 중국인 피난민들이 모여들어 입추의 여지없이 혼잡했다. 어수선한 영사관 한구석에서 별안간 여자의 비명이 들렸다. 4천여 명 8천 개의 눈동자는 일제히 비명을 지른 여자에게 쏠렸다. 배가 남산만큼 부른 임신부가 산기를 느끼고 지르는 비명이었다. 신당리에 사는 중국인 주수행의 아내는 몇 시간 동안의 진통 끝에 쌍둥이를 낳았다. 생사의 갈림길에서 가까스로 탈출해 찜통 같은 영사관에서 의사는커녕 산파의 도움도 없이 쌍둥이를 출산했지만 다행히 산모와 쌍둥이 남매 모두 건강했다. 피난민들은 아수라장에서 태어난 쌍둥이를 보고 오랜만에 환하게 웃으며 연신 축하의 인사를 건넸다. 그밖에도 7월

12일 평양의 중국인 피난민 천막에서 진씨가 쌍둥이를 낳는 등 폭동 기간 동안 피난민 수용소에서 태어난 쌍둥이가 무려 다섯 쌍이나 되었다.

비둘기에 투석하다 유치장행

7월 5일 오전 10시, 서울 수송동에 사는 15세 소년 김태갑은 이웃집 지붕에 비둘기가 앉아 있는 것을 보고, 비둘기를 잡으려고 아무 생각 없이 돌을 던졌다. 하지만 공교롭게도 돌멩이는 비둘기를 맞히지 못하고 건너편 중국인 집 유리창을 깨뜨렸다. 중국인 집 앞을 순찰 중이던 경찰이 깜짝 놀라 돌멩이를 던진 소년을 체포했다. 김태갑은 비둘기 한 마리 잡으려다 졸지에 종로경찰서 유치장에 수

중국인 배척 폭동 당시 일본 경찰의 보호를 받으며 피난을 위해 평양역으로 몰려든 중국인들

감돼 강도 높은 신문을 받았고, 하룻저녁을 유치장에서 보낸 후 중국인 배척 폭동과 상관없는 장난이었음이 밝혀져 간신히 풀려났다.

조선인 신사와 야채 장수의 대봉변

7월 5일, 서울 돈의동 '열빈루'에서 말끔한 신사복을 입은 조선인 네댓 명이 중국요리를 먹고 나왔다. '열빈루' 주변을 배회하던 청년 몇 사람이 신사들을 에워싸고

"이놈들, 네놈들도 조선 사람이냐. 이와 같은 불경기에 뱃속 편하게 요리 먹으러 다니는 것도 괘씸한 일이거늘 조선 동포는 만주에서 되놈에게 박해를 당하는 판에 너희 놈들은 명색이 신사니 유지니 하면서도 되놈에게 돈을 주고 요리를 먹는단 말이냐. 너희 같은 놈들은 봉변을 당해도 싸다."

하며 신사의 뺨을 후려갈겼다. 양복쟁이 신사들은 아무런 반박도 못하고 그저,

"예, 잘못했습니다. 우리가 생각이 짧았습니다."

하며 손이 발이 되도록 빌어서 더 큰 곤욕을 가까스로 피했다.

서대문 밖 관동실업전수학교 앞길에는 평소 중국인 야채 장수가 자주 오갔다. 7월 5일, 조선인 야채 장수 김달윤이 관동실업전수학교 앞길을 지날 때였다. 때가 꼬질꼬질하게 묻은 옷에 모자를 쓴 행색이 영락없는 중국인이었다. 공교롭게도 야채 짐까지 중국인 것과 흡사했다. 부근을 지나가던 사람들이 김달윤을 중국인으로 잘못

알고 일제히 덤벼들어 마구 때리고 야채 짐을 산산이 흩어 버렸다.

"아이고, 왜들 그러십니까. 나는 조선 사람입니다."

김달윤이 자신은 중국 사람이 아니라고 거듭 항변했지만, 사람들은 들은 척도 하지 않았다.

"어라 이놈, 이런 흉측한 되놈 보게. 네가 아무리 조선말을 잘하기로 우리가 모를 줄 아냐?"

하며 한참 힐난을 했다. 결국 김달윤이 조선 사람인 것을 알고는 가해자와 피해자 모두 한번 껄껄 웃고 기분 좋게 화해했다.

화장실 가는 것도 번호표를 받아서

동대문경찰서 유치장에는 폭행, 기물파손, 방화 등의 혐의로 한꺼번에 300~400명이 검거돼 수감되었다. 평상시 30~40명이 사용하기도 부족한 화장실을 열 배가 넘는 수감자가 사용하다 보니 화장실에 가려면 번호표를 받아 기다려야 했다. 대변 한 번 보려면 서너 시간을 기다려야 했으니, 대변 한 번 보기가 고등관 얻어 하기보다 힘든 지경이었다.

7월 7일 오후 7시, 순찰을 다니던 동대문경찰서 경무주임이 유치장 문 앞에 수십 명의 장정이 인상을 찡그리고 발꿈치로 엉덩이를 괴고 앉아 있는 것을 발견했다. 앉아 있는 모양이 하도 이상해 혹시 간수가 해괴한 벌을 주고 있는 것이 아닌가 하는 의심이 들어 간수에게 물었다.

"대체 저 사람들은 무슨 까닭으로 문 앞에 몰려 앉아 있는가. 또 안색은 왜 저렇게 이상한가?"

간수는 사실대로 털어놓았다.

"저 사람들은 모두 '출분出糞 신청'을 한 자들로 번호대로 앉아 있는 것입니다."

경무주임이 하도 어이가 없어서 피식 웃으며 "대변도 대문제"라며 혀를 내둘렀다.

중국인 간에도 상호 난타

7월 4일 밤, 서울 서소문정에서 조선인 군중 5천여 명이 중국인 거리를 습격하려고 모여들었다. 중국인들은 문을 굳게 걸어 잠그고 전등까지 끄고는 숨어 있었다. 장정들은 곤봉과 철봉을 들고 만약을 대비했다. 서대문 대로를 지나가던 한 중국인이 형세가 급박한 것을 깨닫고 골목 안에 있는 중국인 집을 찾아 문을 두드렸다. 중국인 집 문들은 죄다 굳게 잠겨 있었다. 쫓기던 중국인은 얼떨결에 발길로 어느 집 대문을 걷어찼다. 공포에 떨고 있던 집주인은 조선인이 자기 집을 습격하는 줄 알고 일전을 벌이기로 결심했다. 전 가족이 일제히 곤봉을 들고 문을 열고 나와서 대문 밖에 서 있는 사내를 마구 구타했다. 대문 밖의 중국인도 영문을 알지 못해 주인 가족과 어울려 싸웠다. 나중에 알고 보니 중국인들끼리 서로 때린 것이었다. 경황없는 중에도 크게 한번 웃고 화해했다. 주인은 사과의 뜻으로 중국인 사내를 집안으로 들여 식사를 한턱냈다.

《정감록》까지 동원된 유언비어

7월 5일 평양에서는, 중국인 손에 조선인은 죄다 죽는다는 참언
讖言이 《정감록》에 들어 있다는 유언비어가 퍼졌다.

"정감록에 '어양망어고월魚羊亡於古月 고월망어어양古月亡於魚羊'이라
는 글귀가 전한다. 어양魚羊이란 선鮮자요, 고월古月은 호胡자니 그것
은 이번에 만주에서 오랑캐胡人에게 조선인이 몰살당하고, 조선에서
또 오랑캐가 몰살당한다는 말이다."

폭동 당시 떠돈 유언비어가 그것만은 아니었지만, 《정감록》의 참
언은 어리석은 백성들을 선동하는 더없이 좋은 수단이었다.

중국인 배척 폭동이 남긴 것

1931년 7월, 완바오산 사건 직후 조선 전역에서 발생한 중국인
배척 폭동은 우리 역사상 매우 수치스러운 사건 가운데 하나였다.
중국인 배척 폭동에는 분명 '보이지 않는 손'이 작용했다. 일본 경찰
은 '일본 국민'인 조선인 보호를 구실로 중국 농민들에게 총격을 가
했고, 창춘 주재 일본영사관은 김이삼 특파원에게 거짓 정보를 제
공했으며, 평양에서 최악의 폭동이 발생한 날 밤 경찰은 흔적도 보

이지 않았다. 역사학자들은 곧잘 중국인 배척 폭동이 조선인과 중국인을 이간질하려는 일본의 교묘한 음모 때문에 발생한 불상사였다고 설명하지만, 설령 일본인의 음모가 작용했다 하더라도 조선인이 백여 명의 무고한 중국인들을 살해한 책임을 면할 수는 없다.

조선에서 벌어진 중국인 배척 폭동은 즉각 중국에도 알려졌다. 중국 농민들에게 박해받던 조선 농민들의 신변은 더 위태로워졌고, 조선에서 중국인이 그랬던 것처럼 만주의 조선인들도 창춘의 일본영사관으로 피신했다. 다행히 중국에서 조선 농민들에 대한 보복 폭행은 발생하지 않았다. 김이삼 특파원은 중국인과 조선인 앞으로 사과문을 발표했고, 한용운, 안재홍, 송진우 등 민족 지도자들은 중국인 배척 폭동이 조선인 전체의 의사가 아님을 천명하고, 중국 정부와 중국인들에게 고개 숙여 사죄했다.

완바오산 사건은 조선인, 중국인, 일본인 모두 조금씩 잘못한 부분이 있었다. 중국인은 먹고살 것이 없어 이주한 조선인들을 매정하게 박대했고, 조선인은 일본 경찰의 그늘에 숨어 중국의 공권력과 법을 존중하지 않았으며, 일본은 조선인을 앞세워 대륙 진출을 위한 야욕을 드러냈다. 세 민족이 모두 조금씩 잘못을 저질렀지만, 이후 조선에서 벌어진 중국인 배척 폭동 탓으로 조선인만 가해자로 몰렸다.

일본 제국주의자가 음모를 꾸몄더라도, 만약 조선인과 중국인 두 민족이 서로 이해하고 배려했더라면 완바오산 사건이나 그 후 조선에서 벌어진 중국인 배척 폭동이라는 최악의 상황은 발생하지 않았을 것이다. 중국인 배척 폭동은 개인과 개인 사이와 마찬가지로 민족과 민족 사이에도 서로에 대한 이해와 배려가 소중한 선택임을 보여 준 사건이었다. 때로는 부끄러운 역사가 영광스러운 역사보다 더 큰 교훈을 준다.

정승아

마음의 미세한 움직임들이 어떻게 거대한 마음의 문제들
과 고통으로 이어지는지 관찰하는 데 관심이 많다. 현재
한양대학병원 신경정신과에서 임상심리학자로 일하고
있다.

다름과의 화해

태초에 행위가 있었다. 그리고 지금도 그 행위들만이 있다.

서로 다르다는 것 자체는 갈등을 일으키지 않는다. 그러나 다른 것들을 다르다고 인식하기 시작하고, 그것을 분류하고 규정하고, 그것에 가치나 등급을 부여하고, 감정을 개입시키고, 장벽을 쌓고 방어하고, 그 장벽을 깨기 위해 공격하고, 공격에 대비하여 더 견고한 방어체계를 갖추고 준비된 무기로 전쟁을 치르면서 문제가 걷잡을 수 없이 확대된다.

인류의 역사를 보면 서로 '다르다'는 것 때문에 벌어진 많은 비극이 있었다. 이것은 현재도 진행 중이며, 앞으로도 크게 다를 것 같지 않다. 인류는 사는 지역이 다르고, 인종과 체질이 다르고, 그래서 적응방식이 다르고 문화와 종교와 정치체계가 다른 속에서 살아왔다. 그 다르다는 사실 때문에 인류 전체가 그토록 많은 에너지를 투자하여 '지지고 볶고' 살아왔다고 생각하면 허무하기까지 하다. 그런데 '다름'은 사실 단지 현상일 뿐이다. 그 현상 위에 감정이 따라붙고, 그 감정이 생각과 판단을 만들고, 그것이 행동으로 이어지게 한다. 그저 다르다는 현상 때문에 그토록 많은 비극이 발생하고 있지만, 그런 비극이 전혀 다르지 않은 방식으로 오늘까지도 변함없이 지속되고 있다는 사실이 한편 놀랍기도 하다.

다른 것들을 배척하려는 것과 같은 것들을 함께 묶고자 하는 것은 동전의 양면이다. 사실 이 세상에는 똑같은 것은 하나도 존재하지 않으며, 동일한 것이라도 시간의 흐름에 따라 끊임없이 변한다. 따라서 엄밀히 말하면 '같은', '동일한' 대상은 있을 수 없다. 단지 심리적 작용일 뿐이다. 다른 것들을 다른 것들끼리 한데 묶고, 같은 것을 계속 같은 것으로 지각하고자 하며, 차이가 존재함에도 비슷한 것들을 같은 것이라 분류하려는 심리 작용의 결과인 것이다.

이것은 나의 밖에 있는 세상과 관계하는 방식에서도, 그리고 나의 내부에 있는 다양한 나의 모습과 관계하는 방식에서도 동일하게 나타난다. 왜 우리는 이렇듯 세상과 자신을 분류하고 규정하는 것일까? 이러한 규정과 분류 작업을 통해 차이를 증폭시키고 차이를 무시함으로써 집단적으로는 인류의 비극이, 개별적으로는 개인의 고통이 생겨난다.

친숙한 것과 낯선 것

'단순노출mere exposure'이라 부르는 일련의 심리학적 실험들이 있다. 이 실험의 첫 단계에서 피검자들은 스크린이나 헤드폰을 통해 생전 처음 경험하는 시각 혹은 청각 자극을 제시 받게 된다. 예를 들어 한 번도 본 적이 없는 문자나 처음 보는 얼굴, 낯선 멜로디 등이 그것이다. 이러한 자극들은 피검자들이 눈치 채기 어려운 방식으로 각기 다른 빈도로 제시된다. 다음 단계에서는 그 자극들이 다시 무작위로 제시되며 피검자들이 그 자극을 얼마만큼 좋아하는지 점수로 평가한다.

결과는 단순하면서도 놀라운 것이었다. 피검자들이 어떤 자극을 좋아하는 정도는 이전에 그 자극이 그들에게 얼마나 자주 제시되었는가와 관계가 있었다. 오직 이 '빈도' 외에는 더 좋아하고 덜 좋아하는 느낌을 갖게 될 아무런 이유를 찾을 수 없었다. 처음에는 좋고 나쁜 것에 대한 판단이 중립적이었던 반면, 시간이 지나면서는 특정 자극이 단지 반복 경험되었다는 사실만으로 그것을 좋다고 판단할

확률이 높아졌다. 더욱 이상한 것은 그 자극들이 스크린 위에 극히 짧은 시간(1,000분의 1~5초) 동안 제시되어 무엇을 보았는지 의식적으로는 지각할 수 없었거나, 동시에 다른 일에 몰두하도록 요구받고 있었기 때문에 그것이 제시된 줄 모르고 있었던 경우에도 그러했다는 점이다. 대상을 의식할 수 있었건 의식할 수 없었건 단지 그 자극에 노출된 빈도에 의해 감정의 방향이 정해진다는 것을 보여 주는 실험이었다.

이후 이 실험 결과는 광고나 마케팅 분야에 적극 활용되어 왔다. 우리가 반복적으로 어떤 광고에 노출되면 그 제품에 대해 긍정적인 정서를 갖게 되고 결국 구매 행동으로 이어질 확률이 높아지기 때문이다. 심지어 그 제품의 어떤 측면에 대해 의식적으로 세세하게 따져 보고 판단하기도 전에, 여러 번 보고 들었다는 것만으로도 정서의 방향이 정해지는 것이다.

물론 이러한 종류의 실험 결과들이 항상 일관되게 나오는 것은 아니지만, 자유의지를 갖고 판단하고 행동한다고 믿고 있었던 인간의 자존심을 건드리는 결과이다. 적어도 어떤 측면에서 인간은 생각만큼 그렇게 합리적이거나 자유롭지 않을 수 있다. 이 실험이 우리에게 보여 주는 것은, 친숙하다는 것이 호감(혹은 편안함)을 준다는 사실이다. 이미 익숙해진 것은 불편함을 야기하지 않는다는 단지 그 이유 때문에 좋아하게 될 확률이 높다.

경제학적인 측면에서 보자면, 여기서의 '불편함'이란 낯선 것이 친숙하게 되기까지 투입되어야 할 심리적 에너지의 양이다. 본인이 원했건 원치 않았건, 의식하고 있었건 그럴 수 없었건 간에 반복 경험한 것은 익숙해지고 익숙해진 것에는 더 이상 그것을 살펴보고 분석하는 데 에너지를 들일 필요가 없기 때문에, 이미 익숙해진 것은 호감을 준다.

이미 여러 번 경험했던 것들은 예전의 것들과 '같은' 것이다. 그러한 '같음'으로 분류할 수 없는 낯선 것들은 '다른' 것들이다. 그래서 불편한 감정이 생기는 것이고, 그러한 막연한 불편함 위에 생각이 개입되고, 명칭이 따라붙고, 그 명칭이 기존의 사회적 통념이나 가치관 혹은 종교라는 거대한 신념체계에 편입되면, 더 이상 수정이 불가능한 분명하고 구체적인 적대적 정서로 정교하게 다듬어진다. 마치 빛과 어둠 사이에 경계가 생겨나듯이 애초에 막연하게 자리 잡고 있던 좋고 싫은 느낌은 경험이 누적되어 가면서 점점 더 분명한 언어로 자리 잡기 시작하는 것이다.

내가 타인을 적대시하면 그 타인 역시 나에게 적대적인 태세를 취하게 마련이고 이후의 단계는 그 적대감을 반복 증명하고 확인하는 과정일 뿐이다. 이러한 이후의 과정은 '자기충족적 예언self fulfilling prophecy*' 에 따른다.

우리가 누군가를 싫어하거나 미워하는 적극적이고 체계적인 호오의 감정 역시 이러한 우연적인 경험들의 집적에 의해 맹목적으로 생겨나는 것이라면, 인간이란 얼마나 우매하고 부자유한 동물인가. 이런 관점에서 본다면, 인류가 앞으로 평화롭게 공존하기 위해서는 서로 자주 만나고 접촉하는 수밖에 없다.

* 자신의 기대와 믿음에 따라 행동함으로써 결국은 현실이 애초의 기대대로 되어 가는 현상을 지칭하는 심리학적 용어

불안

다름을 인정하지 않으려는 것, 혹은 그 때문에 벌어지는 다양한 인간사의 갈등은 또 다른 심층적인 기원을 갖는다. 이 심리적 기원은 인간이 지니고 있는 가장 취약한 감정, 곧 불안감에 뿌리를 두고 있다. '모든 피조물 가운데 가장 겁 많은 자인 인간'*은, 자신에게 위협 요소를 지닌 타인으로부터 자신을 지키기 위해 군집을 이루어 살면서 사회적 동물이 되어 왔고, 그에 따른 선악 감정을 발달시켰다. 인간은 다른 어떤 동물보다 선천적으로 불안한 존재인 것이다.

'불안'이 커지면 서로 의지하여 공동으로 방어하고 적에 대항할 수 있는 '같은 편'을 찾게 된다. 이제 '나'는 '우리'로 확대되며, 나와 내가 아닌 것, '우리들'과 '우리들이 아닌 것'을 탐색하고 분류하는 예민한 사회적 감각을 발전시키게 된다. 결국 인간은 다른 모든 동물들 중에서 이러한 감각을 가장 섬세하게 그리고 무차별적으로 발전시킨 동물이라고 할 수 있다.

애쉬Solomon Asch라는 사회심리학자는 1951년에 '동조현상conformity'에 관한 고전적인 실험을 한다. 이 실험에서 피검자는 '시각 검사'를 위한 실험이라 소개된 어떤 실험에 참가한다. 이 피검자는 실험 협조자(가짜 피검자)임을 모르는 다른 5~6명의 참가자들과 함께 일련

---

* 니체, 《서광》 142절, 174절

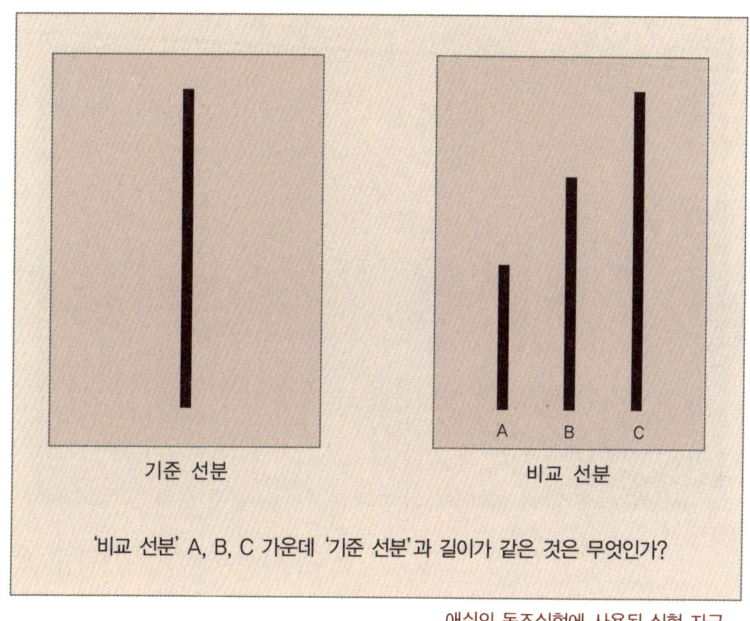

애쉬의 동조실험에 사용된 실험 자극

의 테스트에 참여하게 된다. 그들의 과제는 실험자가 제시하는 몇 몇 선분들 중에서 어떤 것이 더 길고 짧은지 판단하는 것이다. 기준이 되는 선분이 제시되며, 그 선분의 길이가 이후 제시된 세 가지 각기 다른 길이의 선분 중 어떤 것과 같은지 선택하는 것이다.

이 선분의 길이 차이는 누가 보아도 금방 알 수 있을 정도로 분명하기 때문에 답을 고르는 것은 전혀 어렵지 않았다. 그런데 문제는 타인들의 반응이었다. 이 피검자는 함께 참여한 가짜 피검자들이 모두 진지한 표정으로 엉뚱한 답을 고르는 것을 목격하였다.

애쉬의 동조실험 장면

어떤 결과가 나왔을까? 자신의 두 눈으로 분명하게 판단한 정답을 버리고 타인이 선택한 오답을 선택한 비율이 무려 30~40퍼센트에 이르렀다. 이것은 어느 정도까지는 엉뚱한 답을 고르는 타인들이 많으면 많을수록 그러했다. 한 가지 흥미로운 것은, 그렇게 만장일치로 틀린 답을 고르는 사람들 중에 단 한 명이라도 그 답을 거부하는 다른 사람이 존재할 때는 동조하는 비율이 현격하게 떨어졌다.

이 실험이 보여 주는 것은, 지극히 건전한 상식으로 명백한 판단을 할 수 있는 아주 분명한 상황에서도 인간은 타인의 의견을 고려하지 않을 수 없으며, 그 의견이 자신이 보기에는 터무니없는 것이라 해도 그 의견을 따르게 된다는 것이다. 굳이 이런 실험 결과를 참조하지 않더라도 우리는 일상의 경험 속에서 보다 생생하게 이런 저런 사소한 동조현상을 목격한다. 목격할 뿐 아니라 사실은 우리 모두가 그런 현상의 참여자들이며 그렇기 때문에 이 사회가 유지되고 있다.

나도 가끔은 이 실험이 생각날 때마다 재미삼아 '생활실험'에 참여한다. 운전자에게 신호등의 빨간불은 항상 달갑지 않다. 보행자들이 이미 다 지나가고 횡단보도에 아무도 없는 상태가 되었는데도 신호등의 빨간색은 나에게 멈추라며 신호를 보낸다. 이럴 때 횡단보도 정지선 뒤에 정렬해 있던 차들은 서서히 멈칫멈칫 앞으로 움직여 나가기 시작한다. 사회적 규칙이나 법을 생각지 않는다면 그런 상황에서는 그냥 지나가도 무방하고 그것이 보다 실용적이고 융통성 있는 행동일 수 있다. 이때 내가 전혀 움직이지 않고 그 무의미한 짧은 순간을 참으며 그대로 서 있으면 다른 차 역시 앞으로 잘 나가지 못한다. 이때 용기 있게 앞으로 그냥 나가는 차가 한 대라도 있으면 다른 차도 덩달아 움직이기 시작한다. 다른 차들이 정지선 앞을 지나 저 앞으로 나가고 있는데도 불구하고 꼼짝 않고 서 있으면, 나는 내 뒤에 서 있는 다른 차로부터 엄청난 압박감을 느낀다. 몇 초 밖에 안 되는 아주 짧은 순간이지만 이 순간의 압박감과 그로 인해 초래되는 심리적 갈등은 엄청나다. 그런 갈등은 정말 불쾌하며 두 번 겪고 싶지 않은 것이지만, 이는 실험이 아니라 일상이고 삶이다.

사회적 동물이 된 인간은 소속에 대한 욕구_{need to belonging}, 또는 소속에서 일탈되는 것에 대한 두려움을 갖게 되었다. 사회적 동물로서 인간이 갖고 있는 이러한 불안감은, 다른 동물들이 생존을 위협받을 때 느끼는 원초적인 불안감과 그 근본에서는 다르지 않다. 그래서 인간처럼 집단생활을 하는 동물들은 마음에 들지 않거나 공격하고 싶은 대상이 눈에 띨 때 집단을 이용하는 방법을 터득했다. 현재 우리가 '왕따'라고 부르는 이러한 공격수단은 결코 현대문명의 산물이 아니다. 인류가 집단생활을 영위하며 발달시키고 사용해 온 가장 강력하고 유서 깊은 집단적 공격 방법이다. 외부의 위험에 많이 노출되어 온 역사를 겪어 왔거나, 또는 현재 그러한 위기감이 팽배한 상태일수록 강한 집단의식을 요구하게 되며, 집단 구성원 간에 서로 '다르다'는 것에 대한 관용도가 낮아지게 되고, 따라서 '단결'을 강조하며 집단을 이용한 공격적 행위가 더욱 적나라한 양상으로 펼쳐지게 된다. 이러한 것은 때로 '민족주의'란 이름으로 인류의 역사 속에서 무수히 반복되어 왔다.

'나'의 실체

불안에 바탕을 둔 생존본능으로서 집단의식이 팽배한 상태에서는 '우리'가 선이며 '우리가 아닌 것'은 악이라는 이분법적 감정이 지배적이다. 그러나 사실 이러한 선악 판단에 기초한 감정은 본디 '나我'와 '내가 아닌 것非我' 사이의 대립에서 파생된 것이다. 인간의 밑바탕에 깔린 두려움의 원형은 '나'의 밖에 있는 것들에 관한 막연한 감정들이다. '나'와 '나가 아닌 것' 사이의 이러한 이분법은 선악 판단의 원자적 단위이며, 이후에 우리가 발달시키는 보다 체계화되고 정교한 도덕적 가치 판단의 기초를 이룬다. 이 모든 것의 원인은, '나' 그리고 내가 아닌 것 사이의 구분이 생기고 그것이 더욱 정교하게 굳어져 왔다는 데 있다.

이 과정을 조금 더 자세히 살펴보자. 엄마의 뱃속에서 엄마와 한 몸이던 아이에게는 '나'가 없다. 아이가 태어나 몸이 분리되면, 그 분리된 신체 감각을 통해 나와 내가 아닌 것 사이에 가장 초보적인 경계선이 생기기 시작한다. 이것은 우리가 '자아'라고 부르는 가장 원초적인 형태이다. 아이는 엄마와 자신을 경계 짓고 분리시키는 그 경계선이 불안하고 거추장스럽다. 그래서 아이는 엄마와 접촉하려 하고, 그 접촉을 통해 경계선을 없애려 하지만, 동시에 그 접촉을 통해 경계선은 더 분명해진다.

이러한 출생 과정은 동시에 인간이 지닌 공포감의 뿌리를 형성한다. 세상 밖으로 던져지는 이 '출생'이라는 사건은 인간이 최초에 경험한 가장 불쾌하고 두려운 사건이었다. 아이는 이후에 이 공포감의 기억을 진정시키고 안전을 확보하기 위해 '관계'에 집착한다. 엄마와의 관계에 집착하기 시작하고, 자신과 자신 밖에 있는 분리된 대상으로서 엄마가 어떤 존재인가에 대한 경험을 쌓아 나가며, 그 관계경험을 통해 자신에 대한 감각, 즉 자신에 대한 정서적 태도의 기초를 형성한다.

이후 아이는 성장하면서 엄마 이외의 이런 저런 사람들과 만나고 관계를 형성해 나간다. 그 관계에서 겪은 다양한 정서적 경험들이 부가적으로 침전되어 '나'에 대한 생각들은 더욱 복잡하게 구성되어 간다. 자신에게 속한 것과 자신에게 속하지 않은 것을 구분하는 경험, 타인들과의 관계에서 얻은 자신에 대한 평가와 느낌에 대한 기억, 그 결과 자신의 속성으로 인정하고 싶은 것과 인정하고 싶지 않은 것 등이 기억 속에 침전되면서 보다 정교하게 구분되고 통합된 자아관념이 형성된다.

이처럼 '나'에 대한 생각과 감각과 정서의 집합체, 즉 자아관념은 진공 속에서 규정될 수 있는 것이 아니고, 관계 속에서만 의미를 드러내고 그 관계적 배경 속에서 정해진다. 이후 우리가 사회생활을 하면서 특정한 속성을 지닌 누군가와 관계를 형성할 때, 특정한 타인과의 관계에서는 특정한 역할을 하는 나의 어떤 부분이 주로 관계한다.

그렇다면, 나는 상황에 따라, 관계 맺고 있는 사람에 따라, 역할에 따라 그때그때 여러 가지로 존재한다. '나'라는 것은 한마디로 규정될 수 있는 고정적인 실체가 아니다. 그 상황과 관계의 성격과 그 관계 속에서의 역할이 변해 감에 따라 수시로 변화하는 그 어떤 것이다. 즉, 우리는 누군가와의 관계를 통해 나의 이미지와 나에 대한 정서를 형성하고, 이후에는 그 이미지와 타인의 이미지 사이에 관계가 형성되며, 그렇게 형성된 관계를 통해 또 다른 관념과 이미지를 만들어 가는 순환적인 과정을 겪는 것이다.

그래서 타인들에게서 발견하는 다양성은 곧 '나'의 다양성이기도 하다. 나의 다양성을 '관계' 속에서 타인이라는 거울을 통해 비추어 보는 것이다. 분리된 개체로서의 나와 집합적 개체로서의 인류, 이 것은 단위의 문제일 뿐이다. 단위만 변할 뿐 본질은 그 단위의 변화를 따라 계속 재현된다. 인간 사회라는 것은 결국 '나'라는 거대한 단위 내에 존재하는 수많은 나의 단편적인 모습들로서의 '집단적 나'라 할 수 있다. 내가 만나는 다양한 성향을 지닌 사람들도 결국은 나 자신에게서 발견하는 또 다른 나의 모습이다. 따라서 '나들' 과의 관계가 좋지 못한 사람은, 타인들과의 관계 역시 좋지 못하다. 내가 지닌 다양한 나의 모습들, 그러한 '나들'과 사이가 좋지 못하면, 그러한 다양성을 지닌 타인들과의 관계 역시 좋지 못하다.

우리가 눈을 돌려 밖을 바라보면 타인, 타 국가, 타 인종, 더 종교 집단만, 그리고 그들의 관계만 보인다. 반면 눈을 돌려 나의 내부를 바라보면 다양한 나의 모습과 그 관계들이 보이기 시작한다. 결국은 그러한 '나들'과의 관계가 '타인들'과의 관계 속에서 반복된다.

문제는 다양성이 아니다. 그러한 다양성이 이질성이 되고, 이질성이 낯설고 두렵거나 심지어 나쁜 것이 되어 배척 받는 상황이다. 즉,

나들 사이에 규칙을 만들고 벽을 만들고 억압하는 나와 억압당하는 나 사이의 갈등이 생긴다. 이렇게 되어 버리면 인류사에서 민족이나 국가 간에 무수히 반복되어 온 수많은 유형의 갈등, 고통, 수치와 자부심, 질투, 파괴와 전쟁이 이번에는 한 개인의 의식을 무대로 삼아 펼쳐진다. 계층 간 갈등이 심화되면 심지어 정부가 전복되고 국가기능이 마비되듯, 개인 내부의 '나들' 사이에 계층이 생기고 그들 사이에 갈등이 심해지면 자아기능이 붕괴되고 판단력을 상실하게 된다. 일관된 정체감을 유지하지 못하고 인격이 분열되는 해리장애나 분열증상과 같은 심각한 유형의 정신병까지도 생긴다. 하지만 그보다 흔하고 경미한 다양한 유형의 노이로제 증상들 혹은 심리학적으로는 큰 이상이 없는 '정상인'들이 일상의 대인관계 속에서 겪게 되는 다양한 스트레스와 갈등 역시 근본적으로는 자아를 구성하는 다양한 '나' 사이의 갈등에서 비롯된다.

화해

어떤 대학생이 인터넷 상담실에 글을 올렸다. 제목은 '착한 마음과 나쁜 마음의 대결'이었다. 자신은 원래 착한 사람이라고 생각해 왔는데, 언제부터인가 나쁜 마음에게 착한 마음이 자꾸 지는 것을 경험하게 되면서 우울해진다는 것이다. 무엇인가를 계획해 놓고 하지 않는다거나, 누구에게 착한 모습을 보여 주고 싶어 호의를 베풀고 넓은 아량으로 대하려고 해도 상대방은 자신의 호의를 잘 인정해 주지 않거나, 그들이 던진 사소한 말 한마디에 상처받고 미운 마음을 품게 된다거나 하는 등의 여러 가지 예들을 아주 상세하게 나열하였다. 그럴 때마다 사람들이 싫어지고 자신이 싫어지고 자책하게 되고 위축되고 우울해진다는 내용이었다. 예전에 생각해 왔던 착한 자신은 온데간데없고, 이제는 온통 미움과 질투와 자책감만 쌓아 가는 나쁜 자신으로 변한 자신을 매일 매일 발견하게 된다는 것이었다. 그러고는 "어떻게 하면 착한 자신으로 다시 돌아갈 수 있는지?" 하는 절실한 물음을 던지고 있었다.

이것은 이 학생의 모습인 동시에 곧 나의 모습이기도 하고, 이 글을 읽고 있는 많은 이들의 모습이기도 하다. 우리는 모두 서로 다른 다양한 '나들' 그리고 '타인들'과 갈등하고 싸우며 후회하고 상처받고 고통 받으며 살아간다. 서로 다르다는 것 자체는 갈등을 일으키지 않는다. 그러나 다른 것들을 다르다고 인식하기 시작하고, 그것을 분류하고 규정하고, 그것에 가치나 등급을 부여하고, 감성을 개입시키고, 장벽을 쌓고 방어하고, 그 장벽을 깨기 위해 공격하고, 공격에 대비하여 더 견고한 방어체계를 갖추고 준비된 무기로 전쟁을 치르면서 문제가 걷잡을 수 없이 확대된다.

이것은 나 자신의 모습이기도 하고, 세상의 모습이기도 하다. 나의 변화가 관계의 변화를 가져오고, 그 관계의 변화는 곧 세상의 변화로 이어진다. 예로 든 학생의 절실한 호소처럼 싸움이 일어나게 되는 원인은 나쁜 자신에 의해 착한 자신이 항상 지기 때문이라거나 착한 마음이 악한 마음보다 더 약하기 때문도 아니고, 그가 예전의 순수하고 착한 모습을 잃어버렸기 때문도 아니다. 그것은 좋은 자신과 나쁜 자신을 둘로 편 갈라 장벽을 쌓아 놓았기 때문이다. 착한 마음을 지닌 것도 그 사람이고, 나쁜 마음을 지닌 것도 그 사람이며, 그 둘 사이에서 갈등하고 고통 받고 있는 마음도 그 사람이고, 그 둘을 관찰하고 있는 마음도 그 사람이고, 그 갈등을 풀고자 하는 마음도 그 사람이다.

'행위는 있으되, 행위자는 없다.'《능가경楞伽經》에 나오는 말이다. 반면 서양적 전통의 정신 속에는 태초에 '말씀'이 있었다. 말은 인간을 하나로 묶고 소통시키는 '좋은' 수단인 동시에 서로를 갈라놓고 소통을 단절시키는 '나쁜' 수단이기도 하다. 그래서 서양의 하나님은 인간이 서로 단결하지 못하게 하는 최적의 치명적인 수단이 무엇인지 고민한 끝에 언어를 선택했다. 그리고 그것을 흩어 놓으셨다. 그래서 지금 지구상에는 수많은 언어를 지닌 종족들이 존재하게 되었고, 그 때문에 서로 소통되지 못하고 분열되어 싸우고 있는 것인지도 모른다. 인류가 그러하고 내가 그러하다. 만일 이것이 사실이라면, 그 하나님이 두려워하셨던 대로 만약 언어가 하나가 되면 인간은 정말로 신과 대등한 존재에 도달하게 되는 것도 사실인지 모른다.

‘행위자’는 하나의 ‘말’에 불과하다. 실재하는 것이 아닌 명칭이요 관념이며 이미지이고 가설이다. 주어는 허상이고 서술어가 실재이다. 오직 현재의 행위만이 있을 뿐이다. 내가 그러하고 인류가 그러하다. 다양한 내가 존재하는 것이 아니라 다양한 나의 행위만이 그 순간, 그 장소에 존재한다. 다양한 사람들이 존재하는 것이 아니라, 다양한 행위들만이 존재하는 것과 마찬가지로. ‘태초에 행위가 있었다.’ 그리고 지금도 행위들만이 있다.

* 괴테, 《파우스트》

이우일

홍익대학교 시각디자인과를 졸업한 후 직장생활을 잠
깐 하고 프리랜서로 독립해 지금까지 만화와 일러스트
레이션을 그리고 있다. 역시 만화가이자 그림책 작가인
아내 선현경, 초등학교 2학년 딸 은서, 고양이 카프카,
비비와 함께 마포에 살고 있다. 이 가족의 사는 모습은
saybonvoyage.com에서 만날 수 있다. 그동안 쓴 글과 그
린 만화와 일러스트레이션이 들어 있는 책으로는 《노빈
손 시리즈》, 《이우일 선현경의 신혼여행기》, 《삼인삼색
미학 오디세이 2》, 《김영하 이우일의 영화 이야기》, 《호
메로스가 간다 1》, 《도날드 닭》 등이 있다.

친구

나와 닮은, 나와 다른

그는 생긴 것도 취향도 니외는 전허 달랐어.
처음엔 두려웠지.
하지만 서로 이야기를 나누며 난 알게 되었지.
세상에 대해 내가 모르던 것들을.
내가 모르던 생각들을.

나는 지쳤어.

내 주변에는 온통 개성과 취향이 나와 다른 사람들뿐이거든.

나는 나와 다른 사람들이랑 사는 데 지쳤어.

그래서 나는

친구를 찾아 떠나기로 했지.

나와 꼭 닮아서 평생을 함께할 수 있는,

그런 친구를 찾을 생각이야.

얼마나 기쁠까?
벌써부터 가슴이 설레.
나와 꼭 닮은 그 친구와 나는 세상의 모든 것을
함께 즐기며 살 수 있을 거야.

그런 친구를 찾아
나는 낯선 도시의 장터를 두리번거렸고,
바닷가에서 찾아보기도 했지.
때로는 아무도 없을 것 같은
깊은 산속에서 찾기도 했어.

오랫동안 찾아 헤맸지만
나는 나와 꼭 닮은 친구를 찾을 수 없었어.
비슷해 보여 가까이 다가서면
나와는 전혀 다른 사람임을 알게 되었고
결국 난 실망하곤 했지.

"넌 무엇을 찾고 있니?"

어느 날 나는 절망했어.
그런 내게 어떤 낯선 이가 다가와 말했지.

"넌 무엇을 찾고 있니?"

난 대답했지.

"난 나와 꼭 닮은 친구를 찾고 있어."

그는 말했어.

"친구를 찾는다면 내가 친구가 되어 줄 수 있어.
하지만 너와 똑같지는 않을 거야."

그는 생긴 것도 취향도 나와는 전혀 달랐어.

처음엔 두려웠지.

하지만 서로 이야기를 나누며 난 알게 되었지.

세상에 대해 내가 모르던 것들을.

내가 모르던 생각들을.

나는 그를 통해 알게 되었어.
우리는 다르기 때문에 친구가 될 수 있다는 걸.
다르기 때문에 사랑할 수 있다는 걸.
우린 다르기 때문에 친구가 되었지.

fin.

황상민

서울대 심리학과를 졸업하고 하버드대 심리학과 석사 및 박사학위를 취득하였다. 하버드대 사이언스센터와 캘리포니아대학에서 연구 활동을 했으며 현재 연세대 심리학과 교수로 재직 중이다. 저서로 《사이버 공간에 또다른 내가 있다》, 《대한민국 사이버 신인류》, 《너 지금 컴퓨터로 뭐하니》 등이 있다.

한국인 마음속의 다름과 차이의 심리

'행복한 성공'을 위한 '차이'의 인정

확실하다는 믿음은 착각이다. 우리가 자신에 대해 알고 있는 방대한 양의 지식은 자신에 대한 확신을 높여 주기는 하지만, 자신이나 우리의 삶에 대한 정확한 판단을 안겨 주지는 못한다. 삶의 확실성에 대한 착각을 깨뜨리는 방법은 바로 자신에 대해 알고 있는 정보의 양과 다른 사람에 대해 알고 있는 정보의 양을 가급적 동일하게 만들려고 노력하는 데 있다.

악惡, evil은 사람과 생각 사이에 이원론과 대립이 존재함으로써 생겨난다. 한국인들은 악 대신 사람들 사이의 관계를 만들어 낸다. … 관계를 미학으로 바라보면 한국에 악이 부재한다는 것을 이해하는 데 큰 도움이 된다. 악은 나쁜 타자가 아니라 조화의 부재일 뿐이다. … '관계를 말해 주면 악이 무엇인지 말해 주겠다'는 말은 단지 악에 관한 진술이 아니다. 그것은 특수한 관계 속에 자리 잡고 있는 자아가 악을 어떻게 경험하는가를 말해 주는 진술이다.

-프레드 앨퍼드(C. Fred Alford),
1999, Think no evil: Korean values in the age of globalization,
한국인의 심리에 관한 보고서

다름의 불편: 튀는 건 왠지 좀 그렇다?

한국에서 살아 본 사람은 안다. 마음 가는 대로, 뜻대로 살아가는 것이 얼마나 힘든 일인지를. 자기를 없애고 자기를 죽이면서 주위의 뜻을 살피며 살아가야 하는 우리의 생활, 바로 여기에 한국인 심리의 한 단편이 숨어 있다. 늘 주위를 의식하게 되고, 자기 나름대로 뿌듯함이 느껴지는 대로 행동하기 힘든 삶, 누구나 그렇게 살아가기에 나도 그렇게 해야 할 것 같은 압박감을 느끼는 것이 우리의 자화상이다. 집단을 의식하면서 항상 다른 사람들이 어떻게 생각하는지에 관심을 가지고, 결국에는 모두 같아야 한다는 심리적 압박을 느낀다. 다르면 잘못된 것 아닌가 하는 불안에 빠진다.

미국의 정치학자 앨퍼드 교수는 한국 사회를 현장 연구하여 다음과 같이 이야기했다. "한국인들은 개인주의적이면서도 집단주의적이다." 그리고 한국의 문화, 모든 한국인의 심리 중심에는 바로 "개인주의적 자아와 집단주의적 자아 간의 대립이 있다"고 했다.(Alford, 1999) 다름을 불편하게 생각하고, 서로 같아야 한다는 강박증을 느끼는 한국 사회에 한편으로는 놀라울 정도의 개인 간 경쟁과 치열한 삶이 있다는 사실에서 아마 앨퍼드 교수는 한국인의 자아는 개인주의와 집단주의의 대립적인 상황에 있다고 표현했을 것이다.

한 사회의 구성원에 대해 개인주의적이면서도 집단주의적이라는 표현이 가능할까? 양극단의 중간이 아니라면, 어떤 모습이기에 이런 표현이 나오게 되었을까? 인간은 누구나 때로 개인주의적으로, 때로 집단주의적으로 행동한다. 하지만, 한국인을 개인주의적이면서도 집단주의적이라고 표현하는 것은 때로는 개인적으로, 때로는 집단주의적으로 행동한다는 뜻은 아니다. 자신을 규정하거나 행동하는 방식에 개인주의와 집단주의의 이중적인 틀이 동시에 있다는 뜻이다. 마치, 한 인간이 한편으로는 한없이 선한 모습을 보이지만, 또 악한 모습도 동시에 가지고 있듯이 말이다.

두 가지 서로 다른 자아의 모습이 있는 한국인들은 어떤 자아를 통해 자신을 인식하거나 표현할까? 만일, 자신이 맺는 관계에 따라 자아의 선善과 악惡이 정해진다면, 스스로를 어떻게 선한 사람으로 또는 악한 사람으로 인식할 수 있을까? 만일, 누구와의 관계에 따라 나의 자아가 선한 사람으로, 또는 악한 사람으로 보여진다, 또는 내가 선한 것과 악한 것을 나와의 관계에 따라 서로 다르게 판단한다고 할 때, 정말 내가 중요하게 여길 수 있는 삶의 가치나 방향은 무엇이 될 수 있을까? 내가 어떤 사람과 어떤 관계를 맺고 있느냐에 따라 선악善惡이 달라진다는 한국인의 심리는 바로 우리가 다름과 차이의 문제에 대해 치열한 관심을 가져야 하는 이유이다.

삶의 고민: 어떻게 살 것인가? 무엇을 위해?

이중적인 자아의 모습, 관계에 따라 다르게 정의되는 자아를 가진 한국인의 모습이 가장 역동적으로 나타나는 상황은 바로 그 자신의 삶이다. 아니, 역동적인 한국인의 삶은, 바로 이중적이며 또 관계에 따라 다르게 정의되는 선과 악의 판단 때문에 생겨난다. 그렇기에 '무엇을 위해', '어떻게' 살아가느냐 하는 문제가 더욱 심각해진다. 왜냐하면, 개인이 자아self, 즉 자신을 정의하는 모습과 삶의 방향이 양면성을 띨 뿐 아니라 다양한 관계 속에서 끊임없이 재설정되기 때문이다. 때로 한 사람의 모습이 서로 다른 삶의 방향으로 나타날 뿐 아니라 서로 다른 도덕적 방향을 가지기도 한다.

한국 사회에서 사람들은 잘 사는 방법, 살아가는 데 가장 필요한 것은 무엇일까? 기죽지 않을 학력일까, 아쉬운 소리 할 필요 없는 재산일까, 아니면 남들로부터 존경받는 명예나 큰소리칠 수 있는 권력일까? 대부분의 사람들은 이 사회에서 평범하게, 그리고 행복하게 살아가고 싶어 한다. 거창하고 대단한 학벌이나 큰 재산까지 바라는 건 아니라고 한다. 큰 눈치 보지 않으면서 하고 싶은 일을 하고 편안한 마음으로 살아가기를 꿈꾼다.

"남들과 다르면 좀 두렵잖아요. 비슷하게 살아야죠. 너무 튀면 그렇잖아요. 무난하게 사는 게 좋죠."

다름과 차이에 대한 우리의 공포 반응이다. 이것이 바로 한국인의 개인주의적이면서도 집단주의적이라는 이중적인 심리구조가 삶의 방식으로 드러나는 상황이다. 모두가 한 방향으로, 하나의 방식으로 살아가야 한다고 느낀다. 막연한 집단적 압력을 느끼는 것이다. 그런데 정작 평범하게 살아가는 많은 사람들은 자신의 그런 삶을 행복이라 여기고 있을까? 만일 다른 사람이 보기에 정말 평범하게 사는 어떤 사람이 있다면, 그 사람은 자신의 삶에 대해 진정으로 원하던 삶이었다, 또 행복하다고 이야기할 수 있을까?

그렇게 사는 게 쉽지 않다고 느끼지만 그래도 그렇게 살아가야 한다는 의무감과 규범이 있다고 스스로 생각한다. 나 자신의 삶이 다른 사람의 방식과 다를 수 있다는 것을 때로는 인정하면서도 그래도 남과 다른 것이 두려워진다. 이것이 한국에 살고 있는 사람들의 기본 심리다.

다름과 차이: 성공을 추구하는 우리 삶의 함정

한국 사회에서 다름이 이상한 것, 특이한 것, 잘못된 것이 아니라, 단지 각기 다른 사람들이 누구나 자연스럽게 선택할 수 있는 삶의 방식의 차이에 불과하다는 것을 당당히 이야기할 수 있을까? 한국인은 자신의 삶을 볼 때, 일정한 기준을 적용시키려 한다. 사람 사는 것은 다 비슷할 것이라고 믿으려 한다. 왜냐하면, 남들과 비슷하게 사는 자신의 모습이 만족스럽지 않기 때문이다.

모두들 비슷하게 사는 동네에서 뭔가 다르게 살고 싶어 하는 심리는 서로 다른 것에 대한 민감성을 높인다. 그 '다른 것'을 기껏 살고 있는 아파트 평수, 한 달 수입, 타고 다니는 자동차 배기량 정도로밖에 설명 못 할지라도 이것에서 삶의 차이를 확인하려 든다. 천박한 자본주의 속성을 우리의 본능처럼 모두 같이 받아들였다.

누구나 비슷할 것이라는 믿음과 스스로 다르게 살아 보고 싶은 욕구가 동시에 존재할 때, 다름이란 금단의 열매이다. 다름은 '틀림'이 아니라고 이야기해도 차이가 생기면 안 된다. '평등의 강박증'과 '공평함'의 정당성을 찾게 된다. 가능한 다르지 않은, 튀지 않은 부분을 강조하게 된다. 다르다는 것이 '부당한' 무엇을 당했다는 또는 '옳지 않다'는 감정의 폭탄을 터트리는 뇌관이 되기 때문이다. 이것이 한국인이 자신의 삶에서 정답을 찾으려는 이유이다. 다름이 두렵고 차이가 무엇인지 스스로 찾아낼 수 없는 상황에 있기 때문이다.

'다르면 악이요, 튀면 죽음'이라는 말은 끈질기게 우리를 따라다녔다. 이를 '집단성'이라고도 표현한다. 이것은 '다름에 대한 두려움'의 한 표현이다. 그렇다면, 실제로 모든 사람들은 같은 방식으로 같은 목표를 향해 한 길로 매진하고 있을까? 대부분의 사람들은 막연히 그렇다고 믿는다.

나의 삶이 특별히 다르지 않기에 특별히 잘난 소수의 사람들을 제외하고는 모두들 비슷하게 같은 방식으로 살 것이라고 믿는다. 또 그렇게 살아야 '옳다'고 생각한다. 한편으로는 차이를 바라면서도 다름에 대한 두려움을 가지는 것은 이런 믿음 때문이다. 나의 삶이 다른 사람과 어떤 차이가 있는지 제대로 알고 있지 못하기에 그저 다름이 두렵다고 느낀다. 같이 묻어 갈 수 있고, 또 비슷하게 보일 수 있으면 다행이라고 생각한다.

당신도 반드시 그 영웅처럼: OOO 리더십의 신화

다름과 차이의 심리가 가장 극적으로 우리의 삶에 표현되는 사례는 영웅의 삶에 대한 우리의 추종이다. 누군가의 화려한 전설을 나의 삶을 규정하는 하나의 기준으로 삼는다. 소위 'OOO 리더십'이라고 언급하는 각종 영웅들의 신화가 바로 그것이다.

어느 한 개인의 성공에 열광적으로 몰입하는 우리는, 생각과 정신까지도 일렬로 정렬하기를 요구받곤 한다. 서로 다르고 차이가 존중받아야 된다고 믿지만, 영웅의 신화는 우리 모두가 하나의 삶의 틀에 맞춰져야 함을 알린다. 성공을 위해 나의 삶을 어떤 모습에 맞추어야 한다. 현대 사회의 영웅 신화는 성공한 사람들의 이야기에서 비롯된다. 성공한 사람과 비교할 때 많은 경우 우리는 나 자신이 그와 다르다는 것을 확인하기보다는 그와의 유사점을 최대한 많이 찾고 싶어 한다. 차이나 다름을 무시하면서 동일시하는 착각을 경험한다. 어느 성공적인 인물이 우리 모두가 추구해야 할 영웅이 될 때 발생하는 현상이다. 성공적인 삶을 추구하는 개인들이 스스로 만들어 낸 불행의 함정이다.

성공에 대한 욕망이 모든 사람들을 강하게 지배하는 사회에서 '다름'은 그 자체로 부정적 반응을 일으킨다. 이상적인 모습과 다르다면 정상이 아니다. 아니, 막연히 믿고 있는 집단적인 틀에서 벗어난 방식은 잘못된 행동이 될 수 있다.

이순신, 세종대왕 또는 칭기즈 칸의 삶을 알고 그렇게 살아가야 한다는 말에 누가 반박할 수 있을까? 하지만 그것이 우리 모두가 바라는 성공이라 해도, 자신의 삶을 살고 싶은 사람들은 편하지 않다. 누구의 성공 사례가 아닌 '나의 삶', '나답게' 살고 싶은 소박한 마음이 있다. 그러나 모두들 비슷한 성공을 원할 때, 영웅의 삶을 모두가 지향할 때, '자기답게' 산다는 것은 쉬운 일이 아니다. 이는 우리 스스로 만들어 낸 마음의 함정이다.

"누구처럼 해라. 누구는 이렇게 했다더라. 너도 그렇게 해야 하지 않겠니?"

영웅의 전설, 영웅의 공식과도 같은 성공 기준을 강요하는 사회에서는 '어떻게 행동해야 한다'는 이야기만 있지, '당신은 누구이며 어떤 존재인가'에 대해서는 아무도 관심을 두지 않는다. 상상하는 영웅의 모습은 약간의 위안과 희망을 주지만, 그렇다고 그 영웅이 결코 나의 삶을 대신해 주지는 않는다.

영웅은 매끈하게 잘빠진 마네킹에 특별하고 화려한 옷을 콘셉트에 맞춰 입힌 뒤 쇼윈도에 세워 둔 존재와 같다. 영웅의 신화는 항상 특별한 사람들의 특별한 이야기로 잘 포장되어 왔다. 많은 사람들 앞에 공통적으로 보여질 수 있어야 하고, 모두들 공감할 수 있는 것이어야 하기에 그것은 특별해야 했다. 이런 영웅을 보는 우리는 영웅과 현실, 특별함과 평범함의 경계에서 허덕이며, 영웅이 아닌 현실 속의 나를 발견하게 된다. 신화나 역사 속의 인물이 아닌 현실 속에서 제한된 자원으로 힘들게 지내는 그렇고 그런 사람인 나를 말이다.

물론, 우리는 어떤 영웅의 성공 사례를 통해 내 문제와 관련된 특별한 통찰을 얻을 수도 있다. 섬광처럼 다가오는 그런 통찰은 내가 고민하는 문제에 대한 멋진 해결책을 제시해 줄 수도 있다. 하지만 그런 성공 사례들은 실제로 나에게는 잘 일어나지 않는다. 성공 사례를 접할 때마다 우리가 자주 하는 착각 하나는 바로 어떤 성공 사례가 나에게도 유사하게 일어날 것이라는 생각이다. 그리고 그 성공 사례의 교훈이나 성공 방정식을 나에게 적용한다면 나도 그와 같은 성공을 거둘 것이라고 기대한다.

그러나 수많은 영웅의 성공 사례들을 알고 있다 해도 사람들은 놀랍게도 각자가 처한 현실에서 잘 빠져나가지 못하는 생활을 하고 있다. 정작 자신이 어떤 모습인지 정확히 알고 있지 못하기 때문이다.

자신의 삶이 어떠한지 궁금하다면 먼저 우리 사회의 사람들이 각자 어떤 모습으로 살아가고 있는지를 분명히 아는 것이 필요하다. 다양한 삶의 형태 속에서 자신의 모습을 좀 더 정확히 확인하게 된다면 성공적인 사례에 나의 삶을 우격다짐으로 끼워 맞추려는 부질없는 노력은 하지 않을 것이다. 또 내게 맞는, 내가 진정으로 원하는 모습을 정확히 찾을 수 있을 것이다.

나는 다양한 것 중 하나: 한국 사회를 살아가는 사람들의 여러 모습

내가 스스로 찾을 수 있는 나 자신의 삶의 답은 무엇일까? 어떻게 사는 것이 잘 사는 것일까? 이 질문에 답하려면 우리는 먼저 이 사회에 나타나는 몇 가지 다양한 삶의 모습을 구체적으로 확인할 수 있어야 한다. 한국 사회에서 살아가는 우리의 모습이 하나의 틀로 정해져 있지 않다는 것, 우리의 삶이 하나의 정답만을 향해 나아가고 있지 않다는 것을 직접 확인할 수 있어야 한다. 다양한 선택의 가능성 속에서 내가 속한 모습이 그 가운데 하나라는 것을 확인할 수 있을 때, 다름은 단지 내가 만들어 낸 차이일 뿐이라는 사실을 분명히 깨달을 수 있다.

한국 사회에서 실제로 우리의 삶은 어떤 모습으로 나타나고 있을까? 한국 사람들이 일상생활에서 보여 주는 다양한 모습들은 어떻게 구분할 수 있을까? 사람들이 자연스럽게 드러내는 삶의 형태가 어떠한지 확인하는 작업은 우리가 가진 다름을 아는 것이다.

다양한 삶의 모습에서 우리는 때로 자연스럽게 구체적인 한 개인을 떠올릴 수도 있다. 아니, 비로소 나에게서 찾아내기 힘든 삶의 형태도 있다는 것을 확인할 수 있다. 물론, 나 자신의 삶을 가장 잘 대변해 주는 모습이 무엇인지도 구체적으로 확인할 수 있다. 이런 통찰은 내가 정답이라고 막연히 믿었던 삶의 모습을 단지 사람들이 취할 수 있는 다양한 삶의 모습 중 하나가 되게 한다. 스스로 만족스러워 할 수 있는 삶의 모습이 무엇인지도 알 수 있게 한다.

한국 사회에서 한국 사람들의 마음속에 그려지는 삶의 모습은 몇 가지 심리 코드로 나타낼 수 있었다. '자기 발전형' vs '보수 안정형', '가족 안정형' vs '물질 성공형', '자기 만족형' vs '성취 주장형'의 6가지 유형을 확인할 수 있었다. 이는 서로 다른 모습으로 보여지는 우리 삶의 모습이다. 다른 삶의 모습이자 우리가 자신의 삶의 모습이 무엇이냐에 따라 느낄 수 있는 차이를 보여 준다. 우리 스스로 자신의 모습을 마치 무지개 속의 각기 다른 색깔처럼 구분할 수 있는 차이다.

자기 발전형과 보수 안정형

한국 사회에서 어떤 삶의 모습이 정답처럼 느껴질까? 적어도 21세기 초반의 한국 사회에서 살아가는 모습은 '자기 발전형'과 '보수 안정형'이 마치 정답처럼 나타난다. 이 둘은 서로 다르지만 비슷한 삶의 패턴이다. 표면적으로 한국 사회에서 이 두 가지 삶의 형태는 비교적 긍정적이고 이상적인 모습이다.

'자기 발전형'의 삶의 모습은 '돈을 버는 목적은 무엇보다 자신이 하고 싶은 것을 하기 위한 것'이라는 모토로 나타난다. 이런 라이프 스타일을 보이는 사람들은 보통 야심 많고 성취 지향적인 신세대다. 이들의 삶의 주요 목표는 일단 끊임없는 자기 계발이다. 이들에게는 '남과는 다른 자신만의 개성'이 매우 중요하다. 이들은 향후 5년 이내에 자신이 이루어야 할 일에 대해 나름의 계획을 가지고 있으며, 다이어리를 사용하면서 자신의 생활을 계획하는 젊은 직장인들의 모습을 이상적이라 본다. 하지만, '일이나 공부도 남보다 잘해야 한다'는 생각에 자신만의 일에만 몰두할 때가 많기에 개인주의적인 모습이다.

'자기 발전형'의 부모 세대는 어려운 경제 환경을 극복하기 위해 열심히 일했다. 하지만, 자기 발전형이 추구하는 인생의 목적은 '풍요로운 삶'이다. 이것을 위해 열심히 노력한다. 부모 세대가 만든 경제 성장기 이후의 풍요로운 삶을 그대로 누리려고 한다. 그렇기에, 이들의 라이프스타일에서는 해외여행이나 외국 문화에 대한 관심이 높다. 또 외부 문화를 빨리 수용하는 편이다. 전문직에 종사하기를 원하고 자신의 생활에서 적극적이고 능동적이며 열정적인 삶을 즐긴다. 반면 자기 관리에 철저하기에 틀에 짜여 있는 생활 패턴을 선호한다. 보기에 따라서 피곤하게 사는 것 같다는 인상을 주기도 하다. 개인적으로 스트레스도 많이 받는다. 자기, 자아self가 중요한 느낌의 사람이다. 하지만, 정작 자아가 뭔지 분명하지는 않다.

이들에 대한 평가는 항상 이렇다. '가족이나 자신이 속한 집단에 대한 동일시가 약하다, 주위에서는 쉽게 다가가기 어렵다, 자기 관리는 잘하지만 다른 사람에 대한 포용력이 없다, 허술하게 보이지 않는다, 철저하고 성취지향적이다, 튀려고 하는 느낌이 강하고 또 자체로 튀는 느낌을 준다, 팀 활동에 적극적이지 않다, 정이 가지는 않는다, 이런 사람이 상사로 있을 때 멀리 떨어져서 보면 쿨한 느낌이다, 하지만 공적인 일에서는 깐깐한 느낌을 준다, 혼자서 잘하지만 팀플레이를 하는 것 같은 느낌은 안 든다, 드라마 〈섹스 앤 더 시티Sex and the City〉 주인공들의 느낌을 준다.'

자기 발전형의 삶의 모토는 끊임없는 자기 계발이다. 쉼 없이 스스로를 채찍질하며 계발하려고 한다. 하지만 최종 목표는 본인도 어디인지 모른다. 끊임없는 변화와 강한 스트레스에 잘 견딜 수 있는 업무를 수행하기에 적합하다. 그렇다고 기업가의 삶을 사는 것도 아니다. 이런 사람들이 부하라면 싸가지 없는 사람으로 생각되기 쉽다. 만일 상사라면 존경은 별로 하고 싶지는 않으나, 일하는 것은 확실히 배울 만한 사람이라고 본다. 한마디로 인간미를 느끼지 못하는 사람이다. 그 이유는 바로 이 사람이 타인의 감성을 별로 중요하게 생각하지 않을 것 같은 이미지를 보이기 때문이다.

자기 발전형들은 비교적 이성적이며 서구문화를 자연스럽게 수용한다. 생각은 개방적이나 생활과 행동에서는 보수적인 모습을 보이며, 보수적인 연애를 한다. 전통적인 규범이나 가치에 얽매이지 않으면서 개인적인 자유로움을 추구한다. 진보적인 이념을 선호한다. 그렇다고 시민·환경단체 등의 엔지오NGO 활동에 적극적으로 참여하는 것은 아니다. 노사 문제, 정부, 외환위기 등의 정치, 경제, 사회 문제들을 모니터는 하지만 별로 관심이 없는 편이다. 하지만 자신이 하는 일과 관련이 있으면 확실히 관여한다. 사회 양극화나 정치, 사회 문제 등에 별로 관심이 없다. 그렇다고 로또 등의 대박을 노리지도 않는다.

여자의 경우 드라마 〈섹스 앤 더 시티〉의 주인공의 모습이다. 드라마에서 묘사하는 실장이라는 타이틀로 자신의 일을 멋지게 수행하는 캐릭터를 연상하게 한다. 보보스(부르주아와 보헤미안 스타일이

결합된 라이프스타일을 가진, 디지털 시대의 엘리트 그룹이라고 지칭되는 사람들)와 공동체적 성향이 있으면서도 나름으로는 개방성이 높은 생각과 행동을 하는 사람들이다. 30대 초반의 스펙이 좋은 사회 모범생의 이미지를 지닌다. 여기에 은근히 명품이나 여가, 웰빙을 추구하는 라이프스타일이 추가된다.

이들이 추구하는 가치는 자기 발전, 경제적 안정, 자아실현, 프로정신, 성취다.

'자기 발전형'과 대비되는 삶의 방식으로 '보수 안정형'이 있다. 이들은 전통적인 가치와 행동규범에 충실하다. 이들의 보수적인 특징은 가족에서 남녀의 역할 구분과 결혼관, 자식에 대한 태도 등에서 나타난다. 전통적인 가부장적 태도나 남아선호가 분명하다. 아들이 더 좋다고 생각하고, 가문의 대를 아들이 이어야 한다고 믿는다. 결혼한 후에는 무슨 일이 생겨도 참고 살아야 한다. 남녀의 역할 구분이 분명하기에 '여자는 고이 커서 시집 잘 가는 것이 최고의 복'이라고 생각한다. 특히, 자식들 혼사를 위해서는 최대한 부모가 희생해야 한다는 생각도 있다. 그렇기에 자식들이 잘살 수 있도록 해 주는 것이 마치 자신의 삶의 목표인 양 생각하기도 한다. 가정에서 중요한 결정은 당연히 가장이 하며, 남편은 생계를, 아내는 가사와 육아를 책임져야 한다고 생각한다.

이들은 남에게 보여지는 것에 신경을 많이 쓴다. 모임 등에 갈 때는 짝퉁이라도 명품 하나쯤은 걸친다. 유난히 세상 걱정도 많다. 이들에게 미국은 자유민주주의를 수호하는 세계 경찰과도 같다. 하지만 자기중심적이기도 하다. '잘살아야 한다'를 외치며 결과를 더 중요시한다. 남이 부패하면 때려잡아야 한다고 말하지만 자신은 그럴수 있거나 그럴 수밖에 없는 사정이 있다고 태연하게 말하며, 시대 상황에 따라 그에 맞는 가치가 있을 수 있다고 한다.

우리 사회에서 비교적 높은 연령층의 사람들이다. 텔레비전에서 쉽게 보는 강부자, 이순재, 정혜선, 반효정 같은 배우들이 연상시키는 캐릭터다. 이들을 '보수원단'이라고 부르기도 한다. 이들이 추구하는 삶의 주요 가치는 경제적 안정, 체면, 질서, 책임, 인내로 표현된다. 하지만 그들은 스스로를 이러한 특징으로 규정짓는 것을 인정하지 않는다. 차라리 그들의 삶의 가치로 가정의 화목, 행복, 건강 등을 이야기한다.

가족 안정형과 물질 성공형

'자기 발전형'과 '보수 안정형'이 기본 축을 이루는 이 사회에서 또 다른 방식으로 자신의 삶을 표현하는 집단들이 있다. '가족 안정형'과 '물질 성공형'이다. 앞의 두 유형의 집단이 자기 발전과 경제적 안정, 사회적 성공에 초점을 두면서 사회적 변화와 관련된 거대담론에 관심을 둔다면, 가족 안정형과 물질 성공형은 훨씬 소박하다. 아니, 큰 사회보다는 일단 나와 내 가족의 경제적인 성공이 더 중요하다. 그것은 우리 가족이 잘 먹고 잘살았으면 좋겠다는 수준의 표현이다. 가족의 경제적 안정을 추구한다는 측면에서 가족 안정형과 물질 성공형은 비슷하지만, 무엇을 위한 경제적 안정이냐에 따라 서로 다르다. '가족'이냐, '부富'라고 하는 것이냐, 무엇을 앞에 두느냐에 따라 두 집단은 차이가 난다.

'가족 안정형'으로 표현되는 집단의 경우 가장 중요한 것은 '가족의 경제적 풍요'다. 가족이 중요하다고 믿기에 결혼은 여필종부女必從夫가 아닌 파트너십 관계라고 본다. 가족은 무슨 일이 있어도 똘똘 뭉쳐야 한다. 취미생활도 혼자보다는 가족과 같이 하는 게 좋다. 나와 내 가족이 재미있게 사는 것이 무엇보다 중요하다. 물론, 자식들이 잘살 수 있게 하는 것도 삶의 목표가 된다. 그렇게 하려면, 사회적으로 인정받는 직업을 가져야 한다고 생각한다. 사회적 성공이나 인정이 중요하며, 사람들을 만나는 것을 즐긴다.

이들은 소시민적인 가족주의 생활을 한다. 젊은 연배에 속하는 집단이지만 가족 중심의 보수 안정적인 생각을 가진 사람들이다. 가족이 삶의 핵심을 이루기에 반대로 자신의 독립적인 자아는 약하다. 단란하게 살아가기는 하지만, 아직 경제적으로는 안정이 되지 않은 대한민국의 전형적인 직장인을 연상시킨다. 이들에게 직장은 생계 유지를 위한 것이다. 이들은 라디오 프로그램 〈여성시대〉에서 읽어 주는 편지를 쓰고, '아껴야 잘살죠, 돈 벌어서 잘살아야죠'라고 말한다. 자녀 중심의 생활 패턴과 맞벌이 부부로 연상되는 가족으로, 대체로 이들의 삶은 비교적 빠듯하다.

　가족 안정형의 심리를 가진 사람들은 아이들을 학원에 보내기 위해 마트에서 아르바이트도 한다. 항상 경제적 성장이나 안정을 준다고 하는 지도자를 영웅처럼 믿고 따르려고 한다. '잘살게 해 줄 것 같은 사람이니까'라는 이유로 정치지도자를 지지한다. 이들에게 현실이란 가족이며, 가족의 미래가 곧 자신의 미래다. 그렇기에 연금이나 의료보험, 세금 등의 정부 정책에 관심이 높다. 또, 가족보장이라는 말에 쉽게 휩쓸린다.

　가족 안정형 사람들은 자신이 속한 집단을 위해 자신의 욕구를 누르고 참는 것이 덕이라고 여긴다. 본인들을 서민, 또는 사회적 약자라고 표현한다. 사회적 강자가 되기를 바라기는 하지만, 그것은 나중에 자식이 잘되면 이루어질 것이라고 기대한다. 그렇기에 자식을 위해서라면 남들이 하는 것은 다 하려고 한다. 사회 규범에 충실하면서 얇고 길게 사는 스타일이다. 한국 사회에서 수적으로도 매우 많고 중요한 집단이다. 이들에게는 자신을 표현하는 뚜렷한 가치가 없다. 단지, 자신과 동일시하는 이상적인 가족이 있을 뿐이다. 하지만 현실의 가족은 화목하기보다는 서로 얽혀 있는 복잡한 감정들이 너무 많다. 지지고 볶고 산다는 느낌을 준다. 열심히, 더 나은 내일을 위해 산다고 하지만 그렇다고 분명한 내일이 있는 삶도 아니다.

　국가나 집단은 이런 사람들이 있기 때문에 존속이 가능하다. 서민이라고 자신을 표현하는 대다수의 대중, 소시민, 보통사람이라고 불리는 이들은 공교육의 전형적인 대상이다. 이들이 추구하는 가치는 부유함, 출세, 교육, 가족, 절약이다. 소시민적인 삶을 사는 '가족 안정형'의 경우 나는 없고 가족만 있다. 이에 비해 '물질 성공형'의 경우, 나라는 존재는 내가 이루는 물질적 성공 속에 있다.

'물질 성공형'의 경우, 물질주의적 성향이 높다. 그렇다고 많은 돈을 가진 집단은 아니다. 자신을 지배하는 가치가 물질 중심적이기 때문에 항상 남들에게 자신을 가장 멋있고 그럴듯하게 이야기한다. 일단 자신을 분명하게 드러내려고 하며, 심지어 온라인 속에서도 자기 의견을 강하게 표현하고 그 속에서 만나는 사람들과도 지속적인 관계를 유지한다. 자신을 가꾸기 위해 성형수술도 할 수 있을 뿐 아니라 아들을 더 선호한다. 명품은 자신을 더 우월하게 보이도록 한다고 믿으며, 모임 등에 갈 때는 짝퉁이라도 명품 하나쯤은 걸친다. 도심보다는 전원주택이나 시골에서 사는 것이 더 좋다고 생각한다. 하지만 자신의 만족이 아닌, 남에게 자신의 부를 통한 성공을 자랑하기 위해서다.

자기 과시욕이 높으며 스스로 생각하는 자신과 남들에게 보이는 모습이 일치하지 않는다. 상황에 따라서 행동이 자주 바뀐다. 강한 것이 옳은 것이라고 믿는다. 이들에게 미국은 자유민주주의의 수호자다. 재테크 수단은 안전한 은행 저축이나 보험을 선호한다. 하지만, 정작 이들이 가장 많은 부를 축적할 수 있다고 믿는 것은 부동산이다. 일을 주로 많이 벌이는 사람들이다. 한탕주의 성향이 높기에 '바다이야기'나 벤처 등으로 일확천금을 얻고 싶어 하는 성향이 있다. 제이유JU 네트워크 같은 다단계 판매망에 걸려들기 쉽다. 이들은 정치적 성향을 쉽게 드러내는데, 강한 리더 또는 돈을 많이 벌게 해 주는 사람을 선호한다.

돈과 물질을 최고로 치는 현재의 한국 사회 현실에 나름대로 잘 적응하면서 살려고 하는 사람들이다. 이들이 추구하는 가치는 권력과 물질적 성공이다. 하지만, 이들은 자신을 원칙, 윤리, 용기, 신뢰, 봉사 등으로 포장한다.

자기 만족형과 성취 주장형

자신을 가족과 물질적 성공으로 치장하고 표현하려는 집단에 대비되는 또 다른 집단이 바로 '자기 만족형'과 '성취 주장형' 사람들이다. 이들은 분명한 자기가 있으며, 자신의 삶을 만들어 나가려고 한다.

자기 만족형의 경우 '가족 안정형'과 유사하게 결혼을 파트너십 관계로 본다. 자신과 가족이 재미있게 사는 것이 무엇보다 중요하며, 힘들더라도 가족을 위해서라면 자신을 희생할 수 있다고 생각한다. 하지만 생활의 주요 목표는 끊임없는 자기 계발이다. 그렇다고 남들이 없지는 않다. 무슨 일을 할 때는 항상 주변 사람들을 고려한다. 이들이 삶을 대하는 태도는 계획적이고 진지하며, '자기 발전형'과 유사하게 향후 5년 이내에 이루어야 할 일에 대한 나름의 계획이 있다. 물론, 내 가족이 경제적으로 풍요로운 삶을 누리기 위해서이다. 그렇기에, 주변 사람이 잘되는 것은 내게 중요한 일이다. 이들은 변화하는 세상에 잘 적응하기 위해 디지털 도구(인터넷, 휴대전화 등)를 통해 정보를 이용하거나 습득한다.

자기 만족형 사람들은 비교적 안정되어 있으며, 이성과 감성이 조화되어 있다. 삶의 계획도 세울 줄 알고 무언가를 위해 희생할 준비도 되어 있다. 남을 위한 배려도 있다. 개인주의도 아니고, 내가 해야 할 것을 잘 알고 있으며, 삶에 진지한 태도를 보인다. 분명 타인을 고려하지만 준거점reference point 은 자신에게 둔다.

대개 40대 초중반의 전문직 남자는 돼야 이 정도 이미지를 만들수 있다. 전체적인 조화를 중시하면서 쓸데없이 에너지를 낭비하지 않는다. 그러나 이들은 무언가에 몰입은 하지만 약한 부분이 있다. 추진력과 열정 면에서 아쉬움이 남는다. 특별히 재미있거나 잘 놀지도 않는다. 남의 일에 열을 내지도 않는다. 구태의연한 것은 막연히 거부하면서도 합리적이고 안정적인 것을 찾는다. 한편으로 '된 사람'이 되는 것을 추구한다. 이들의 주요 가치는 관계, 균형, 자율, 공헌, 학습이다.

비교적 합리적이고 안정적인 관계 속에서 자신을 만들어 가는

'자기 만족형'에 비해 '성취 주장형'은 사회 속에서 자신을 분명히 드러내야 한다. 가문을 이을 아이는 반드시 아들, 자식들 혼사에는 부모의 희생이 필요하고, 여자는 시집 잘 가는 것이 최고라는 전통적 믿음에 충실하다. 그러면서도 남을 의식하여 모임 등에 갈 때는 짝퉁이라도 명품 하나쯤은 걸치려고 하며, 명품으로 자신의 우월성을 확인하려고 한다.

현실은 모르겠지만, 온라인에서는 자기 의견을 과감하게 표현하면서 뭔가 다른 느낌을 갖기도 한다. 이들은 한 살이라도 어린 사람에게는 반말을 하며, 세계 경찰로서의 미국의 역할, 가족 내의 중요 결정을 내려야 하는 가장의 역할을 당연하게 받아들인다.

비교적 독단적이며 나름대로 허세를 부리는 사람이다. 출신을 중시하면서 서비스를 받을 때 확실히 받아야 한다고 생각한다. 돈도 있고 쓸 줄도 아는 사람이지만 너무 현실적이다. 현실적으로 성공하는 생활, 사회 시스템을 잘 이용하는 사람이다. '대단한 분'이라고 할 수 있다.

한국 사회에서 경제적인 성취, 명성이나 사회적인 지위에서의 성공을 이루거나 이룰 수 있는 사람의 삶의 모습이다. 이들이 추구하는 가치는 권위, 책임, 풍요, 사회적 공헌, 국가 등이다. 자신의 내적 모습이 아닌 외부의 사람들에게 드러나는 모습이다. 놀랍게도 이런 사람의 경우 정작 자신의 내면적인 가치나 모습에 대한 갈급함이 있다. 남들이 높이 보는 위치에 있지만 때로 어이없이 무너지는 모습을 보여 주는 사람들이 이 속에 있기도 하다.

불 끄는 방법으로 얼음 깨려 하지 마라 : 행복을 위한 차이의 인정

심리학 연구는 항상 인간의 마음을 객관적이면서도 물리적으로 확인할 수 있는 것으로 생각했다. 이것이 과학적 방법이라고 믿었다. '마음'이라는 것은 변하지 않고 일관되게 존재하는 '객관적 실체'라는 것이다. 하지만, 우리의 마음은 가변적이다. 개인의 과거 경험에 의해 각기 다르게 표현되는 '주관적 현상'이다. '인간 마음'에 대한 다른 가정이다.

인간의 마음을 '객관적 실체'라고 믿는 사람과 마음이란 변하는 것이며 또 각 사람마다 서로 다른 '주관적 현상'이라고 믿는 사람들은 같은 마음을 탐색하는 것일까? 서로 다른 가정을 하고 있기에, 이들이 찾았던 마음은 아마 서로 다를 것이다. '마음'이라는 연구 대상이 다르다면, 이것을 연구하는 방법도 달라야 할까? 과제가 다른 만큼, 찾는 답도 다를 수밖에 없다. 마치 산의 불을 끄는 것과 호수의 얼음을 깨는 방법이 다른 것과 같다. 마찬가지로, 한국 사회에서 다른 삶의 모습을 보이는 사람들이 사는 방법도 다를 것이다.

한국 사회에 서로 다른 삶의 유형, 심리적인 행동과 사고의 다양한 패턴이 존재한다는 것을 확인시켜 주는 것은, 서로 같은 삶을 유지하고 있다고 믿는 한국인에게 자신을 바로 볼 수 있게 하는 일이다. 특히, 관계에 의해 또는 자신의 입장에 따라 선악의 문제가 각기 다르게 보여진다는 사실을 아는 것으로, 우리의 삶에서 다양한 삶의 패턴이 있다는 사실을 확인하는 것으로 적어도 우리는 헛된 믿음이나 문제의 본질에 대해 비교적 개방적인 태도를 취할 수 있게 된다. 우리가 경험하는 모순이 차이에 따른 문제가 아니라, 그저 다르게 존재할 따름이라는 것을 확인시켜 주는 것이다.

복잡하고 혼란스런 일이 지금 벌어지고 있다. 한국인들은 자신들이 집단적 자아를 가졌다고 규정하면서 지구상에서 가장 유교화된 나라로 자처한다. 그와 동시에 한국인들은 강렬한 개성을 주장하면서 거기에 자부심을 느끼고, 그 점에서 특히 일본인들과의 차별성을 강조한다.(앨퍼드, 1999)

여기에는 논리적 모순이 없다. 하지만, 한국 사회에서 사람들이 가지는 차이에 대한 혼란은 우리 스스로도 잘 인식하지 못하는 방식으로 모순을 유발시킨다. 그것은 특정한 유형의 개인적, 집단적 대립이거나 특정하게 양식화된 심리적 장애다. 우리 사회 속의 누구에게도 분명하지 않은 '좌파-우파', '있는자-없는자', '특권층-서민', 그리고 '우리-그들'의 구분과 대립이 바로 이 혼란을 극명하게 보여 주는 현상들이다. 여기에, 화병, 우울증, 무차별 폭력 등의 심리적 장애는 각 개인이 지불해야 하는 심리적 비용이 된다.

확실하다는 믿음은 착각이다. 우리가 자신에 대해 알고 있는 방대한 양의 지식은 자신에 대한 확신을 높여 주기는 하지만, 자신이나 우리의 삶에 대한 정확한 판단을 안겨 주지는 못한다. 삶의 확실성에 대한 착각을 깨뜨리는 방법은 바로 자신에 대해 알고 있는 정보의 양과 다른 사람에 대해 알고 있는 정보의 양을 가급적 동일하게 만들려고 노력하는 데 있다. 그것이 바로 내가 아닌 다른 방식으로 살고 있는 삶에 대한 이해다. 아니, 그런 방식의 삶에 대한 탐색이다.

다른 방식의 삶이 내가 확실하게 믿고 살아가는 방식과 비슷하게, 아니 더 확실하게 존재하고 있다는 것을 인식하게 된다면, 내가 가진 '확실성의 착각'을 줄일 수 있다. 그렇게 하면 나 자신이나 나의 방식에 대해 가지고 있는 정보의 양을 제한할 수 있을 뿐 아니라, 내가 잘 알지 못하는 존재를 대할 때 나 자신의 판단력에 대한 지나친 확신을 줄일 수 있기 때문이다.

한국인 마음속의 다름과 차이의 심리
'행복한 성공'을 위한 '차이'의 인정

1. 다름의 불편 : 튀는 건 왠지 좀 그렇다?

- 한국인의 자아는 개인주의와 집단주의의 대립 상황 속에 놓여 있다.

- 내가 어떤 사람과 어떤 관계를 맺고 있느냐에 따라 선악이 달라지기에, 다름과 차이의 문제에 대해 치열한 관심을 가져야 한다.

2. 삶의 고민 : 어떻게 살 것인가? 무엇을 위해?

- 개인이 정의하는 자신의 모습과 삶의 방향이, 양면적인 모습과 다양한 관계 속에서 끊임없이 재설정되어야 하기 때문에, '무엇을 위해', '어떻게' 살아가느냐 하는 문제가 더욱 심각하게 제시된다.

- 모두들 비슷하게 사는 동네에서 뭔가 다르게 살고 싶어 하는 심리는, 서로 다른 것과 차이에 대한 민감성을 높인다.

3. 다름과 차이 : 성공을 추구하는 우리 삶의 함정

- 다름이 두렵고 차이가 무엇인지 스스로 찾아낼 수 없는 상황에

있기 때문에, 한국인은 자신의 삶에서 정답을 찾으려고 한다.

• 성공을 추구하는 우리 사회에서 다름과 차이는 수용하기 힘든 삶의 질곡이다. 이것을 극복하려는 노력으로 영웅의 삶에 대한 맹목적 추종이 나타난다.

4. 당신도 반드시 그 영웅처럼 : OOO 리더십의 신화

• 영웅의 전설, 영웅의 공식과도 같은 성공 기준을 강요하는 사회에서는 '어떻게 행동해야 한다'는 이야기만 있지, '당신은 누구이며 어떤 존재인가'에 대해서는 아무도 관심을 두지 않는다.

• 내가 나의 삶이 어떠한지 궁금하다면 먼저 우리 사회의 사람들이 각자 어떤 모습으로 살아가고 있는지를 분명히 아는 것이 필요하다. 그래야 자신의 삶을 성공 사례에 우격다짐으로 끼워 맞추려는 부질없는 노력을 하지 않고, 진정으로 원하는 자신의 모습을 정확히 찾을 수 있게 된다.

5. 나는 다양한 것 중 하나 : 한국 사회를 살아가는 사람들의 여러 모습

• 자기 발전형과 보수 안정형
• 가족 안정형과 물질 성공형
• 자기 만족형과 성취 주장형

- 우리의 마음은 변하지 않고 일관되게 존재하는 '객관적 실체'가 아니라, 개인의 과거 경험에 의해 각기 다르게 표현되는 '주관적 현상'이다.

- 한국 사회에 서로 다른 삶의 유형과 심리, 다양한 행동과 사고의 패턴이 존재한다는 사실을 확인시켜 주는 것은, 서로 같은 삶을 유지하고 있다고 믿고 있는 한국인에게 자신을 바로 볼 수 있게 하는 일이다.

- 내가 아닌 다른 사람의 다른 방식의 삶을 알고 인정하기! 그것은 나를 알고, 다름을 알고, 차이를 받아들이는 것이다. '행복한 성공'의 삶을 이루는 방법이다.

김나미

20여 년간 구도하는 마음으로 전국과 세계 각지를 다니
며 종교의 벽을 넘어 수도자, 성직자, 명상가, 종교인, 성
자, 은자, 도인들을 만났고 이들의 이야기를 전하는 글을
써 왔다. 성직에 있다 옷 벗은 사람들을 만나《환속》을
쓰고, 특별한 성자들과의 만남을 담은《파란 눈의 성자
들》을 펴냈다. 다양한 종교현장과 공동체를 소개한《이
름이 다른 그들의 신을 만나다》, 전국의 영적 안식처를
소개한《하늘 아래 아늑한 곳》, 오랫동안 인도를 다닌
결과물로《갠지즈 강가에서》를 내놓았다. 만학도로서
동국대 불교대학원, 연세대 국제학대학원과 철학과 박사
과정을 마치고 스탠포드 대학 종교학과 연구원을 지냈
다. 현재 한국학중앙연구원에서 종교학 박사 논문을 준
비 중이다.

'한 지붕 세 종교'가 있는 풍경

다른 이름으로 부르는 한 분이신 그분

미셸의 집에 들어서면 마치 종교 전시장에 온 듯한 느낌이다. 뉴욕 교외의 작은 도시 밀포드에 사는 미셸은 프랑스인 아버지와 중국인 어머니 사이에서 태어났다. 대학에서 만나 십 년 전 결혼한 남편은 할아버지 때 이란에서 이민 온 이란인 2세다. 시댁과 남편의 종교가 이슬람이고, 아버지는 가톨릭 신자, 어머니는 불교 신자였기에 어려서부터 성당에도 가고 절에도 다녔지만, 미셸은 자칭 무교인無教人이다. 결혼할 때는 무슬림 남편과 서로 종교의 자유를 갖기로 합의했고, 이슬람은 그녀의 생활에 하나의 축제를 더해 주었다.

하나만 아는 이는 아무것도 모르는 이

"들판에 피어난 저 꽃들이 모두 같은 모양, 같은 색이라면 매력이 없겠지요. 서로 다른 모습과 색깔로 어우러졌기에 저 들판이 저처럼 풍요로울 수 있겠지요."

몇 년 전 한 여성 성직자가 내게 했던 말이다. 항상 새롭고 낯선 것들이 주는 자극에 힘을 받아 살아왔지만, 그것들이 전해 주는 풍요로움까지는 생각지 못했던 나는, 그 후 서로 다른 것들의 '풍요로운 세상'에 한 발 더 다가서게 되었다. '나'라는 우물 안에 있다가 사람 사는 세상 몇 곳을 들여다보니 저마다 삶이 다르고, 언어가 다르고, 그 안에 사는 사람들의 개성마저 제각각 달라 이 지구는 그야말로 풍요롭기 그지없는 세상이었다.

원불교 교무님과 비구니 스님, 가톨릭 수녀님과 성공회 수녀님, 그 밖의 여러 여성 수도자들의 모임인 삼소회三笑會가 있다. 각각 다른 모습을 지닌 회원들이 한데 어우러진 풍경은 한 편의 아름다운 동화와도 같다. 이분들은 장애우를 위한 음악회, 일본군 위안부 할머니들을 위한 기도회를 갖는 것으로 시작, 국내외에 있는 각 종교의 성지 순례를 다녀오기도 했고 꾸준히 종교 간 화합을 이끌고 있다.

삼소회 회원들은 평소 각자의 공동체에서 생활하기 때문에 서로 떨어져 지내지만 각각 용어만 다른 기도로서 서로의 주파수를 맞추며, 나라 안팎에 큰 사고나 천재지변이 일어났다는 소식을 접하면 일순간에 기도로 뭉치는 동지들이다. 매월 한 번 삼소회 기도 모임이 있는 날, 전체 회원 20여 명이 모인 자리에서는 특별한 풍경이 펼쳐진다. "그간 예수님 안녕하셨어요?" "부처님도 안녕하셨나요?" 하는 인사가 들려오고, 쪽진 머리에 한복을 입은 교무님과 삭발에 승복을 입은 스님, 베일에 수녀복을 입은 수녀님이 반갑게 악수와 포옹을 나눈다. 다른 모습이지만 하나처럼 보이는 이들은 충만한 사랑과 자비로 소통하는 한 핏줄 같다. 20여 명의 마음이 하나가 되는 데는 같은 여성 수도자라는 공감 그 이상의 무엇이 있는 듯하다. '내 것', '네 것'이 아예 없는 사람들, 부처님도 예수님도 항상 함께하실 것 같은 이들이 모인 자리는 성화聖畵 속 한 풍경 같다.

매번 모임 때마다 올리는 '세계 평화를 위한 기도'는 침묵의 시간이다. 각자의 믿음에 근거해 한목소리로, 한곳을 향해 마치 어머니가 자식을 위하듯 간절한 염원을 담아 기도를 올린다. 이 세상이 조금은 조용하다면 이분들의 기도 덕분이 아닐까 하는 생각이 든다.

흔히 세상에서 가장 아름다운 모습을 말하라면 엄마가 아기에게 젖먹이는 모습, 또는 고요히 기도하는 모습이라 한다. 지금껏 내가 본 가장 아름다운 광경은 어렸을 적 할머니께서 이른 새벽에 장독대에 물 떠놓고 기도하시던 모습이다. 바로 그 모습을 떠올리게 하는 삼소회 모임에 가면 바로 그곳이 천국이고 극락인 듯싶다.

막스 밀러는 "한 종교만 아는 사람은 아무것도 모르는 사람"이라고 했다. 진리로 나아가는 길은 저마다 다르다. 각자의 체험을 토

대로 체험자는 그것을 진리라 믿을 수 있고, 진리로 안내해 준 특정 종교에 자신을 소속시킬 수 있다. 그런데 내 체험과 진리에 대한 믿음을 견고하게 하는 최선의 방법은 바로 다른 이들의 진리를 아는 것이다. 나의 것으로 남의 것도 꿰뚫어 볼 수 있는 눈을 갖게 되는 것이니, '일이관지—以貫之'란 이를 두고 하는 말이 아닐까.

종교학자인 엘리아데는 종교적 체험을 한 사람의 모든 존재를 신神으로 본다고 했다. 실제로 깊은 종교 체험을 한 사람은 상대가 누구든, 심지어 미생물이나 무생물까지도 신으로 대접하는 것을 몇 번 본 적이 있다. 상대를 신으로 보는 사람은 그 역시 같은 신인데 '나와 다르다'는 것이 무슨 문제가 되겠는가.

대구에서 매주 화요일 열리는 경전 읽기 모임에 갔을 때, 자신을 열성 장로교인이라 소개하는 한 남자를 만났다. 그는 이 경전 모임에서 《육조단경》을 공부한 다음부터 성경이 제대로 보이고, 보이니 이해되고, 이해하니 술술 풀리고, 또 술술 풀리니 재미도 있다며 싱글벙글이다. 얼마 전 만난 동국대학교 동창 스님은 성경을 일 년간 읽고 나니 법화경이 절로 읽힌다며 좋아한다. 법화경과 성경에 유사점이 많은 것처럼 모든 성인의 말씀은 일맥상통하는 점이 많다. 예를 하나 들자면 예수의 "천국이 네 안에 있느니라"는 말씀은 불경의 "네가 부처다", "밖에서 찾지 말라"는 말씀과 서로 통한다. 같은 맥락에서 단어가 다르거나 표현방법이 다를 뿐, 성인들의 말씀은 유사한 점이 많다. 남의 것을 통해 내 것이 거듭난 사람들을 보면 남의 안경을 쓰고 보니 뭐든 훤히 다 보이더라는 말이 아주 작지만 귀한 진리로 살아난다.

축하할 일로 가득한 날들

한 집안에 여러 문화가 다양하게 있다기에 관심을 가지고 그 안을 들여다보았더니 무려 열 가지나 되는 종교의 축일 행사가 그곳에서 펼쳐지고 있었다. "종교는 문화의 실체요, 문화는 종교의 형식"이라고 한 신학자 폴 틸리히의 말을 확인시켜 주는 그곳은 바로 미국 친구 미셸의 집이다.

미셸의 집에 들어서면 마치 종교 전시장에 온 듯한 느낌이다. 뉴욕 교외의 작은 도시 밀포드에 사는 미셸은 프랑스인 아버지와 중국인 어머니 사이에서 태어났다. 대학에서 만나 십 년 전 결혼한 남편은 할아버지 때 이란에서 이민 온 이란인 2세다. 시댁과 남편의 종교는 이슬람이고, 아버지는 가톨릭 신자, 어머니는 불교 신자였기에 어려서부터 성당에도 가고 절에도 다녔지만, 미셸은 자칭 무교인 無敎人이다. 결혼할 때는 무슬림 남편과 서로 종교의 자유를 갖기로 합의했고, 이슬람은 그녀의 생활에 하나의 축제를 더해 주었다.

이런 배경 덕에 그녀는 프랑스와 중국과 이란, 가톨릭과 대승불교와 이슬람이 한데 어우러진 집안을 꾸려 가게 되었다. 몇 년 만에 만난 미셸의 말에는 성경과 코란, 불경이 함께 인용되고 있었다.

미셸이 매달 준비하는 행사는 무척 다양하다. 프랑스인 아버지가 11월 첫날을 축하하는 투생 가톨릭 축일부터 4대축일(성탄절, 부활절, 성령강림절, 성모승천일) 같은 대축제도 있고, 2차대전 승전 기념일, 프랑스혁명 기념일, 바스티유감옥 탈취 기념일 같은 날도 챙긴다. 주요 성인들의 축일은 물론이다. 또 어렸을 적부터 엄마를 따라 다니며 중국 사찰에서 초파일과 음력설, 중추절을 보내곤 했는데 지금까지도 이 전통을 이어 가고 있다. 미셸은 결혼한 이후부터는 이슬람 경축일과 라마단 금식도 지켜 왔다. 남편의 조국인 이란의 이슬람혁명 기념일, 이슬람의 라마단 금식이 끝난 후 하는 이드 알피트르 축제는 특히 성대하게 치르고 있다.

미셸이 새해가 오면 잊지 않고 챙기는 일이 하나 있는데 그것은 새 달력에 자신과 부모님, 남편과 시댁, 이웃들의 경축일, 기념일, 축제일을 표시하는 일이다. 미셸은 각각의 축일을 어떻게 꾸며야 하는지 낱낱이 꿰고 있다. 대부분 주변 친구들까지도 집에 초청하는데 미셸의 집에서는 한 달에 한두 번은 꼭 경축 행사나 저녁 만찬이 열린다. 같은 동네 이웃들의 축제나 경축일도 같이 축하해 주다 보니 온 동네 사람과 한 식구처럼 지내게 되었다. 추수감사절과 할로윈데이에는 동네 아이들까지도 집으로 불러들인다.

이제는 더 많은 사람들이 동참하게 되면서 행사는 옆집 사는 유태인 가족의 하누카와 로쉬하사나로도 확대되었다. 아일랜드 국가 수호신인 세인트패트릭데이에는 초록색 옷을 입고 퍼레이드에 참가한다. 축일 하나가 끝나면 또 다른 축제를 준비하는 기간이 되기에 늘 흥겨운 기분으로 살아간다.

가족과 친지, 이웃에게 인기 만점인 미셸을 만나는 일 자체가 내게는 소중한 종교 체험이다. 같이 있으면 그녀와 연관된 모든 종교의 신들이 나까지 함께 축복해 주는 것 같아 신이 난다. 미셸은 이 년 전 캘리포니아에 왔다가 나와 함께 로스앤젤레스 올림픽 가에서 열린 코리안 데이에 참가했다. 그때 한국의 개천절을 미셸의 집 경축일로 추가하면 좋을 거라며 그녀에게 권해 보았는데, 어떻게 되었는지는 모르겠다.

더 많은 축복, 더 큰 공부

우리나라에는 이런 집이 몇이나 될까. 몇 년 전, 한 지붕 밑에서 각자 종교가 다르지만 그 차이를 포용하고 존중하며 사는 부부, 모자, 부녀들의 이야기를 일간 신문에 연재했던 적이 있다. 취재 차 만났던 김경섭 박사님 가족은 특히 신선했다. 전남 고흥의 전통적인 유교 집안에서 태어난 김경섭 박사님은 기독교인이다. 그런데 누님 중 한 분은 불교, 한 분은 가톨릭, 남동생 중 한 명은 기독교, 한 명은 불교, 막내 여동생은 가톨릭이다. 이렇게 형제들이 두 사람씩 다른 신앙을 갖고 있지만 박사님 집안은 우애가 좋기로 소문나 있다. 그런데 8년 전 형제들은 어머니의 장례를 치르며 약간의 진통을 겪어야 했다. 문제는 '어떤 종교 의식으로 장례를 치를 것인가'였는데 세 가지 종교 배경 덕분에 한목소리를 내지 못했다.

이때 박사님은 장남으로서 기지를 발휘해야 했다. 박사님은 평소 소신대로 밀고 나가기로 했다. 그것은 바로 "저마다 분명 좋은 점이 있더라. 그러니 각각 다른 점을 조화시키자"였다. 그리하여 매일 시간을 정하여 천주교식, 기독교식, 불교식 세 가지로 추모행사를 번갈아 가며 했다.

그런데 스님이 목탁을 치자 기독교 형제들의 불만이 나왔다. 그때 박사님은 "극락 간다는데 거긴 좋은 곳 아닌가" 하고 대응했다. 불자인 가족이 교회에서 온 조문객의 찬송에 불만을 말하면 "천당 가게 해 준다는데 뭐가 나쁘냐"고 응수했다. 입관할 때가 되자 남동생은 반드시 《금강경》을 함께 넣어야 한다고 했고 기독교인 가족들은 십자가를 강력하게 주장했다. 결국에는 십자가와 《금강경》이 모두 들어가게 되었다.

추모행사로 바뀐 영결식에서는 자식은 어머니, 며느리는 시어머니, 사위는 장모, 손자는 할머니에 대한 추억을 담아 각자의 방식으로 고인의 영정 앞에 추모문을 올렸다. 성악가인 큰손자는 주기도문을 노래하고 증손자들은 꽃바구니를 헌정함으로써 할머니 가시는 길을 기쁘게 해 드렸다. 울음바다로 시작해 장지까지 눈물만 보이는 장례식과 대조되는 광경이었다.

그렇게 장례를 마쳤다. 그런데 일은 거기서 끝나지 않았다. 어머니의 첫 제사가 다가오자 영정 앞에 절하는 의식을 놓고 기독교 가족들에게서 이견이 나왔다. 다시 한 번 지혜가 필요하게 된 박사님은 제사를 1년에 한 번 온 가족이 모이는 추모모임으로 바꾸었고, 이는 지금까지도 계속 이어지고 있다.

김 박사님 가족 이야기와 더불어 빠질 수 없는 이야기가 있다. 친구 아버님이 직장암 말기로 더 이상 병원에서도 손을 쓸 수 없게 되어 장례 이야기가 오가게 되었다. 그런데 문제는 친구의 큰오빠는 교회 장로고 둘째오빠는 신도회장까지 하는 독실한 불교 신자라는 데 있었다.

온 가족이 모인 자리에서조차 형제는 장례식을 어떤 식으로 치를지 결론을 보지 못하고 있었다. 큰오빠는 장례에 관한 한 목사님을 모시고 교회 분들과 함께하고 싶어 했다. 이것은 장남의 자존심이 걸린 문제이기도 했다. 한편 집안에선 둘째오빠의 목소리가 더 컸다. 큰오빠가 경제적으로 어려운 반면 은행 지점장인 둘째오빠가 그동안 모든 병원비 등을 도맡아 왔기 때문이었다. 큰오빠, 작은오빠가 주장을 내세우며 대립하자 여섯 명인 자식들도 두 편으로 갈라서게 되었고 얼마 후 아버님이 돌아가실 즈음엔 서로 말조차 하지 않을 만큼 사이가 나빠져 있었다.

장례식 당일 아침 먼저 도착한 스님이 목탁을 두드리며 염불을 시작했다. "나무아미타불, 나무아미타불…." 염불이 무르익을 즈음, 큰오빠가 다니는 교회의 목사님과 장로, 집사, 권사 몇 분이 들어왔다. 조용히 한쪽 구석에 앉은 목사님은 눈을 감고 기도를 하셨다. 염불이 끝나자 목사님과 스님은 두 손까지 맞잡으며 인사를 나누었다. 두 분은 마치 오래 전부터 알고 지내 온 사이처럼 깊은 존경과 사랑으로 서로를 반겼다.

스님이 먼저 자리를 뜨며 "자, 이제 목사님 차례가 왔습니다. 나무아미타불 관세음보살" 하자 목사님은 "스님께도 우리 주님의 축복을 빕니다" 하며 합장을 해 보였다. 스님은 문까지 배웅하는 목사님에게 "목사님께서 우리 아버님 꼭 천당 가게 해 주셔야 합니다, 아멘" 하고 답례를 주었다. 순간 무거운 분위기의 장례식장 곳곳에서 웃음꽃이 피어났다. 두 오빠는 잠시 멋쩍은 표정을 짓더니, 그때

부터는 교회와 절에서 온 조문객들을 맞는 데 너와 내가 따로 없었
다. 장례식을 두고 잠시 일어난 형제간 불협화음이 목사님과 스님
의 만남으로 말끔히 녹아 없어진 것이다.

몇 년 후 결혼한 친구는 교회에서 예식을 치른 다음 송광사로 내
려가 불교식 혼례도 올렸다. 목사님과 스님, 두 분의 마음이 돌아가
신 아버님에게 모두 닿아 있으니 양쪽으로부터 축복을 받고 싶다는
이유에서였다.

모두 한데 모여 기도 드린다면

13세기 인도 북부가 이슬람 무굴제국이었을 때 아크발이라는 왕
이 있었다. 무슬림인 그가 결혼한 부인은 힌두교인. 아크발 왕은 궁
안에 부인을 위한 힌두교 사원을 세워 주었다.

차이를 인정하는 왕의 모습에서 보다 큰 사랑의 힘을 본다. 나와 다
른 것을 인정하도록 하는 사랑의 힘, 이 힘이 있음으로써 나와 다른
것은 아름답게 보이고, 그 아름다움을 통해 사랑은 더욱 깊어 간다.

2년여 동안 우리나라에 있는 다양한 종교 현장과 신앙공동체를
찾아다니며 많은 사람들을 만나고 그들이 섬기는 여러 이름의 신을
소개받은 적이 있다. 기독교의 예수, 불교의 부처, 이슬람의 알라, 유
대교의 야훼, 힌두교의 시바, 크리슈나, 조로아스터의 아후라 마즈

다…. 우리나라 안에서만도 신의 이름은 참으로 다양하고 다양했다.

하지만 이름이 다른 각각의 신을 섬기는 이들 종교는 그 본질에 있어서는 결코 서로 다른 것이 아니었다. 이들이 추구하는 핵심 가르침은 바로 사랑과 평화, 이 한 가지로 통했던 것이다. 나는 이 같은 사실을 깨닫고는 모든 종교의 '뿌리는 하나'라는 확신을 얻게 되었다. 이름이 다른 그들의 신은 결국 나의 신과 다르지 않았다.

하나의 가르침 안에서 다름은 결코 다른 것이 아니게 된다. 장미에 여러 가지 색이 있고 그것에 어떤 이름이 붙는다 해도 그 본질은 장미 그대로인 것처럼, 이 세상 모든 종교의 신이 어떤 이름으로 불린다 해도 원래는 한 집안 식구가 아니겠는가.

> 도가의 관을 쓰고, 유가의 신발을 신고, 불가의 옷을 걸치니
> 세 집이 모여 한 집을 이루네.
> 道冠儒履佛架裟
> 會成三家作一家

모든 신의 축복을 기원하며….

미타쿠예 오야신(아메리카 인디언 인사)!

샬롬!

나마스테!

쌀라무 알레이쿰!

자립

랄프 왈도 에머슨*

자신의 생각을 믿고, 자신이 진리라고 생각하는 것이 다른 사람에게도 진리일 거라고 믿는 것은 쉬운 일이 아니다. 그렇지만 자기 내면에 잠재되어 있는 확신을 소리 내어 말하라. 그러면 그것이 보편적인 의견이 될 것이다. 가장 내적인 것이 때가 되면 가장 외적인 것이 되고, 처음 생각이 결국 마지막에 심판의 나팔소리가 되어 우리에게 다시 돌아올 것이다.

우리에게 내면의 목소리만큼이나 친숙한 이름인 모세, 플라톤, 밀턴… 이들의 가장 큰 장점은, 책이나 전통에 기대지 않고 다른 사람

---

* 랄프 왈도 에머슨(Ralph Waldo Emerson, 1803~1882) : 시인, 사상가. 19세기 중반 미국 지식인 세계에 많은 영향을 끼친 초월주의 운동의 중심인물이다. 작품과 연설에서 다양성과 자유를 주장했고, 각 개인은 삶에서 독립을 추구하고 자유를 누릴 자격을 갖추어야 한다고 말했다. 저서로 《자연론》(1836, 공저), 《대표적 위인론》(1850) 등이 있다.

의 생각이 아닌 자신이 생각하는 바를 표현했다는 점이다.

　인간은 시인이나 현자가 말한 허공의 광채에 의존하기보다 내면에서 반짝이는 섬광을 감지하고 주시하는 법을 배워야 한다. 그러나 사람들은 자기도 모르는 사이에 자신의 생각을 단지 자기 것이라는 이유로 무시하곤 한다. 천재들의 작품을 보다 보면, 우리는 자신도 언젠가 그와 비슷한 생각을 한 적이 있음을 깨닫곤 한다. 그러면서 동시에 스스로 거부했던 자신의 생각이 타인의 권위를 등에 업고 다시 자신에게 돌아오고 있음을 느끼게 된다. 진정 위대한 예술작품은, 다른 작품들의 목소리가 모두 정반대편을 향하고 있을지라도, 우리 내면에서 샘솟고 있는 자연스런 느낌을 밝은 의지로 따르라고 가르친다. 그러지 않으면 바로 다음날 엉뚱한 사람이 나타나 짐짓 아는 체하며, 오늘 우리가 느끼고 생각했던 것을 말할 것이다. 그러면 우리는 자신의 생각을 또다시 다른 사람을 통해 부끄럽게 받아들이게 될 것이다.

　우리 모두는 드넓은 우주에 좋은 것이 가득하더라도 자신에게 맡겨진 한 뙈기 땅을 스스로 경작하고 땀 흘릴 때에만 옥수수 한 알이라도 수확할 수 있음을 배웠다. 자신 안에 내재해 있는 힘은 그동안 그 어디에도 없던 새로운 것으로, 자신 외에는 그 강도를 알 수 없고, 스스로도 시도해 보기 전에는 그 가치를 제대로 발견할 수 없다.
　우리는 주어진 일에 생각을 집중하고 최선을 다한 후에야 편안한 마음을 얻는다. 그러나 자신의 의견을 말하거나 자유로이 행동한 경우에는 아무런 마음의 평화도 얻지 못한다. 이것은 우리가 구원하지 않고 있는 구원이다. 이런 상황에서는 자신 안의 천재성도 그 자신을 저버릴 것이며, 뮤즈도 그와 친구하지 않을 것이며, 창조도 없고 희망도 없게 된다.

스스로를 믿어라. 그러면 내면에 자리 잡고 있는 강철 같은 현의 떨림이 다른 이의 심금을 울릴 것이다. 신의 섭리가 당신을 위해 준비한 자리와, 동시대 사람들로 이루어진 사회, 그리고 거기서 일어나는 사건과 관계의 고리를 받아들여라. 위대한 사람은 항상 이를 실천해 왔다. 당대의 천재에게 스스로를 아이처럼 맡겼고, 진정 믿을 만한 것은 가슴에 있다는 사실을 믿었고, 자기 손으로 일하고, 스스로 모든 존재에게 영향을 미쳤다.

이제 우리는 동일한 인간으로서 가진 초월적 운명을 최고의 이성으로 받아들여야 한다. 보호 받는 곳에 있는 미성년자나 병약자가 아니라, 혁명을 앞두고 도망가는 겁쟁이가 아니라, 신의 전능한 노력을 따르고 혼돈과 어둠을 뚫고 나아가는 길잡이, 구세주, 후원자가 되어야 한다.

자연은 어린이와 아기와, 심지어 짐승의 얼굴과 행동에도 얼마나 아름다운 계시를 내리는가! 우리가 자신의 목적에 반하는 힘과 수단에 대해 손익을 따지고, 그에 대해 거부감과 불신의 감정을 가지고 대하는 반면, 이들은 그렇지 않다. 이들의 마음은 하나이며, 이들의 눈은 아직 정복당하지 않았다. 이들의 얼굴을 보면서 우리는 당황하게 된다.

아기는 누구도 따르지 않으나, 모두를 따르게 한다. 아기 한 명이 어른 네다섯 명으로 하여금 말을 걸고 장난치게 한다. 아기가 말을 할 수 없다고 하여 힘이 없다고 생각하지 마라. 들어 보라. 옆방에서도 아기의 목소리는 분명하고 또렷하게 들리지 않는가. 아기는 동시대인에게 이야기하는 법을 알고 있는 듯하다. 아기가 숫기가 있든 없든, 아기는 어른을 전혀 필요 없는 존재로 만드는 방법을 알고 있다. 식사나 다른 일을 하면서 상대의 환심을 사기 위해 말하고 행동하는 사람 따위는 거들떠보지도 않는 아이의 무심함은 건전한 인간 본성에서 나온 태도다.

거실에 앉아 있는 아이는 극장 맨 앞자리에 앉아 있는 관객과 같다. 독립적으로, 간섭받지 않고, 자기 자리에 앉아 지나가는 사람들과 사실들을 내다보며, 그들의 장점을 아이다운 재빠르고 간결한 방식으로 거리낌 없이 표현한다. 좋다, 나쁘다, 재미있다, 바보 같다, 말 잘한다, 문제가 많다 등 아이는 결과나 이익에 대한 부담 없이 주체적으로 진실한 의견을 제시한다. 어른이 아이의 환심을 사려 할 뿐, 아이는 어른의 환심을 사려 하지 않는다.

어른들은 자의식의 감옥에 갇혀 있는 셈이다. 어른들은 자신의 말이나 행동으로 한 번 갈채를 받게 되면 공인이 되어 수많은 사람으로부터 호감이나 반감의 눈길을 받게 되며, 이후로는 이들의 관심을 고려하지 않을 수 없게 된다. 이를 망각하기란 불가능에 가깝다. 다시 본래의 중립적인 자리로 돌아갈 수 있으면 좋으련만!

그래서 모든 약속에서 자유로운 가운데, 외부의 영향을 받지 않으면서 편견 없이, 뇌물로 회유할 수도, 위협할 수도 없는 순수함으로 관조하는 사람은 대단한 존재임에 틀림없다. 그런 사람은 모든 지나가는 문제를 사적인 문제가 아니라 필수적인 문제로 보고 이에 대해 자신의 의견을 말한다. 이런 이의 의견은 사람들의 귀에 화살처럼 박혀서 그들에게 외경심을 갖게 한다.

고독한 가운데 있으면 내면 어디선가 들려오는 목소리가 있다. 이 목소리는 우리가 세상 속으로 들어설수록 점점 희미해지고 들리지 않게 된다. 세상 어느 곳이든 사회는 그 구성원 모두의 인간성에 배치되는 음모에 빠져 있다. 사회는 그 구성원에게, 각 주주에게 배당될 빵을 더 효과적으로 제공하기 위해 빵 먹는 자의 자유와 문화를 포기하게 하는 주식회사와 같다. 그 요청에 대해 순응은 미덕으로, 자립은 악덕으로 간주된다. 사회는 진실성이나 창조성이 아닌, 이름이나 관습을 사랑한다.

인간이 되고자 하는 자는 순응하지 말아야 한다. 불멸의 야자수를 얻고자 하는 사람은 선이라는 헛된 평판에 구애 받지 않고, 그것이 과연 이름 그대로 진정한 선인지 아닌지를 따져 보아야 한다. 본디 자신이 지니고 있는 내면의 고결함 외에 궁극적으로 신성한 것은 없다. 스스로 자신의 죄를 용서하면, 결국 세상의 동의도 얻게 마련이다.

어렸을 때 교회의 케케묵은 원리로 나를 귀찮게 하곤 했던 한 조언자가 나에게 원했던 대답이 기억난다. "내가 온전히 마음이 시키는 대로 산다면, 내가 전통의 신성함을 깨는 것일까?" 하고 내가 물었을 때, 그는 이렇게 말했다. "그런 충동이 높은 곳(선한 곳, 신성한 곳)이 아니라, 낮은 곳(악한 곳, 천박한 곳)에서 오는 것일 수도 있지 않아?" 나는 이렇게 대답했다. "그렇지 않은 것 같은데. 만일 내가 악마의 자식이라면 악마로서 살게 되겠지."

나에게는 내 본성의 율법 외에 그보다 더 신성한 율법은 없다. 선과 악은 언제든 서로 뒤바뀔 수 있는 이름일 뿐이다. 나는 내 본성에 따르는 것만이 옳은 것이며 내 본성을 따르지 않는 것은 옳지 않다 여긴다. 자신 외에는 모두가 허울뿐이고 덧없다. 우리는 수많은 죽은 관습과 반대를 무릅쓰고 나아가야 한다.

우리가 배지와 이름, 힘 있는 집단과 죽은 기관機關 앞에 쉽사리 굴복하고 마는 것은 부끄러운 일이다. 고상한 체하고 언변이 화려한 사람들은 대개 우리를 올바른 길에서 해치려 들거나 흔들어 대려 한다. 우리는 똑바로 서서 활기차게 앞으로 나아가야 하며 그렇게 나아가는 모든 길에서 내면의 진실을 거리낌 없이 말해야 한다.

내 삶은 그 자체를 위한 것이지 남에게 보이기 위한 것이 아니다.

나는 내 삶이 화려하고 불안정한 것이기보다 낮은 삶이기를 바라고, 그래서 진실하고 안정된 삶이기를 바란다. 나는 내 삶이 건전하고 달콤한 삶이기를 바라며, 식이요법과 출혈이 필요하지 않기를 바란다. 나는 당신의 행동에 무조건 동참하기를 요구하는 당신의 말을 거부한다. 내 재능이 적고 변변치 못하지만, 그것이 나 자신이다.

내가 걱정하는 것은 내가 무엇을 해야 하는가 하는 문제일 뿐, 다른 사람이 어떻게 생각하는가 하는 문제가 아니다. 당신의 의무가 무엇인지를 당신 자신보다 더 잘 안다고 생각하는 사람들이 있기에, 이 문제를 현실에서 적용하기란 쉽지가 않다. 세상에서는 세상의 의견에 따라 살기가 쉽고, 혼자일 때는 자신의 의견에 따라 살기가 쉽다. 그러나 위대한 사람은 무리의 한가운데에서도 온전한 온화함으로 고독의 독립성을 유지할 수 있는 사람이다.

내가 죽은 관습에 순응하는 것을 반대하는 이유는 그것이 힘을 분산시키기 때문이다. 자신의 일을 하면 스스로 강해질 수 있다. 우리는 순응의 게임이 '장님놀이'와 다를 바 없다는 사실을 알아야 한다. 많은 사람들이 수건으로 눈을 가린 채 특정 주장을 하는 단체에 자신을 소속시킨다. 그런 순응을 통해 그 단체와 몇몇 각론을 일치시키고 스스로 몇 가지 거짓말을 한다. 그렇지만 결국 나머지 각론들은 다르게 마련이다. 그들이 말하는 진실은 진실이 아니다. 이들이 말하는 '2'는 '2'가 아니며, '4'는 '4'가 아니다.

우리를 둘러싸고 있는 환경은 우리에게 재빨리 지지하는 정당의 죄수복을 입으라고 강요한다. 결국 우리는 모두 한 가지 얼굴과 모양을 가지게 되었고, 가장 부드럽고 우둔한 표정을 가지게 되었다. '찬미하는 바보스런 표정'이 바로 그것이다. 불편한 사람과 함께 있을 때, 또는 관심 없는 대화에 대한 답례로 억지 미소를 짓는 바로 그 표정…. 이때 얼굴 근육은 자연스럽게 움직이는 것이 아니라 의도적인 노력으로 억지로 움직이게 되며, 표정이 딱딱해지고, 기분 나쁜 느낌이 들게 된다.

우리는 과거의 행동이나 말에 지나치게 집착하는 경향이 있다. 다른 사람들이 우리의 행적을 예측하는 데 과거의 행적에 의존하기 때문에, 당신의 과거를 주시하는 다른 사람들을 실망시키지 않기 위해서 그런 행동을 보인다. 왜 지난 일을 그토록 돌아보아야 하는가? 왜 과거에 공적인 자리에서 한 말에 어긋나지 않기 위해 기억의 시체를 끌고 다녀야 하는가? 과거에 한 말에 어긋나는 말이나 행동을 한다고 가정해 보자. 무슨 일이 일어나는가? 심지어 순수한 기억의 활동이라 할지라도 기억에만 의존하지는 말아야 한다는 것이 올바른 지혜의 법칙이다.

과거를 눈이 천 개 달린 현재에 비추어 판단하고 매일 새로운 하루를 살아야 한다. 형이상학에서는 인격을 부정하고 신격을 선택하였다. 그러나 영혼의 경건한 제안이 있다면 그 제안에 마음과 생명을 주어라. 당신의 마음과 생명이 신에게 모습과 색채를 줄 것이다.

요셉이 그 옷을 매춘부의 손에 둔 채 도망간 것처럼 이론을 버려라.

어리석은 일관성은 그릇이 작은 정치인과 철학자와 성직자가 좋아하는 협소한 마음의 도깨비일 뿐이다. 위대한 영혼은 일관성과는 아무 관계가 없다. 위대한 영혼은 일관성을 걱정하느니 차라리 벽에 비친 그림자를 걱정하는 편이 낫다.

오늘 생각하는 바를 분명한 말로 표현하고, 내일 생각하는 바를 다시 분명한 말로 표현하라. 비록 오늘 한 말과 모두 어긋난다 할지라도. 아, 그러면 오해를 받을지 모른다고. 오해받는 일이 대수인가. 피타고라스도 오해를 받았고, 소크라테스, 예수, 루터, 코페르니쿠스, 갈릴레이, 뉴턴, 그리고 이 땅에 태어난 모든 순수하고 현명한 영혼들은 오해를 받았다. 위대하다는 것은 오해를 받는다는 것인지도 모른다.*

---

* 랄프 왈도 에머슨, 〈자립〉(1841), 《에머슨 수필 및 작품집 *The Complete Essays and Other Writings of Ralph Waldo Emerson*》, Brooks Atkinson, ed., 1940, pp. 145~152 발췌 편집